梧桐雨

白　樸　撰
王星琦　校注

三民書局

梧桐雨　總目

引言

王星琦

梧桐雨雜劇在元人雜劇中佔有特殊重要的地位。它標誌著中國古代傳統文人創作由以主觀抒情為主，轉而向以敘述故事和突顯矛盾衝突為主的戲劇詩嬗變的過渡。當變猶未竟之時，主觀抒情的色彩整體上還相當濃厚，在元雜劇中除了梧桐雨之外，比較典型的還有馬致遠的漢宮秋；在蛻變完成之後，可能全劇以敘述故事和突顯衝突為主，而往往則有局部不惜濃墨重彩，傾情發抒主觀意緒者，正所謂「由道返氣，處得易狂」是也。此等情狀元劇中不乏其例，而清人孔尚任桃花扇傳奇中的餘韻一齣，似尤能說明問題。中國古典戲曲這種重於主觀抒情的特色，自然是與古典詩歌藝術高度發達有關聯，但與劇作家的個人氣質修養也不無關係。更主要的是，戲曲形成之初，作家們的文體意識尚不十分明確，長期形成的詩詞歌賦創作慣性不自覺地在戲曲創作中流露出來，也並不奇怪。許多學者在論述梧桐雨雜劇時，都不約而同地指出了它的詩化傾向，甚至認為從某種意義上看，直可將其視作抒情詩劇。么書儀先生在論及梧桐雨雜劇時曾指出：

一般地說，戲劇和詩歌的一個重大不同點是後者可以直接抒發自己的感情，而前者則要通過人物、故事和戲劇衝突的結果來表現出傾向，這是代言體文藝樣式的特點。但在元雜劇中，我們不時會碰到作者有時竟然幾乎是脫離劇情和人物，直接表達自己情感的情況。

究其原因，么先生說：「這可能同雜劇興起不久，作家們還不是那麼嚴格地遵守代言體的寫作要求有關。」❶果若如此，則梧桐雨雜劇很可能是作者早期的作品。但這只是一種推測罷了。因為即使是雜劇藝術成熟時期，作家亦可能有意追求詩劇格調的效果。不過，倘若結合作品的具體內容綜合考量，前者的可能性似乎更大一些。無論如何，梧桐雨雜劇的詩化傾向非常突出，這是大家的一個共識，也是我們探討作品思想意義和藝術價值首先應該注意到的切入點。筆者於二十世紀八十年代中期，曾寫過一篇白樸劇作的不同追求，關注的正是這個問題：

---

❶ 么書儀山川滿目淚沾衣——白樸〈梧桐雨〉的時代特徵，見元雜劇論集（下）第二三八—二三九頁，天津，百花文藝出版社，西元一九八五年。

長期以來，人們對白樸雜劇梧桐雨和牆頭馬上不同的格調頗為迷惑。何以前者主題模糊，幾乎看不出明顯的思想傾向，而後者卻主題突出，具有濃厚的民主意識和個性解放色彩？就曲詞風格而論，二者之間亦存在著明顯差異：前者典雅清麗，嫵媚中含無盡哀傷，似更近於詩詞化；而後者卻奔放豪辣，雋爽中有不盡快意，倒更近乎散曲化。這固然是由於題材情節的不同所致，但其中分明也流露出作家兩種完全不同的藝術追求。❷

時間過去了近三十年，今借重新校注梧桐雨雜劇的契機，筆者反覆閱讀，再再思索，自然有了一些新的認識和理解。下面我們將結合白樸的生平思想以及梧桐雨雜劇的文本實際，試著對這部經典戲曲傑作作一番新的分析探討，冀求獲得新的閱讀心得和審美感受。

一

白樸為元前期著名雜劇作家，歷來被譽為「元曲四大家」之一。他初名恒，字仁甫，後改名樸，字太素，號蘭谷。祖籍隩州（今山西河曲），後徙真定（今河北正定），故鍾嗣

❷ 王星琦白樸劇作的不同追求，北京，光明日報文學遺產，西元一九八六年十月八日。

成錄鬼簿又稱其為真定人。白樸生於金哀宗正大三年（西元一二二六年），卒於元成宗大德十年（西元一三〇六年）以後。其生年之所以能確定，諸家皆無異議，乃是根據白樸的朋友王博文為白樸詞集天籟集所作序文，文中有「甫七歲，遭壬辰之難」之語。所謂「壬辰之難」是指金哀宗天興元年（西元一二三二年）蒙古軍圍困汴京（今河南開封，金人稱南京），其時白樸父親白華（字文舉，號寓齋，為金樞判，金史有傳）隨金哀宗出奔河南商丘，而七歲的白樸隨母親留在汴京城中。由這年上推，可知白樸的生年，亦可知其生於金朝的都城汴京。

白樸的卒年，諸家說法頗有歧異。胡世厚先生曾歸納為五種不同見解：

其一，卒於至元二十二年（西元一二八五年）左右，以姜亮夫歷代名人年里碑傳總表等為代表；

其二，卒於至元二十二年（西元一三〇七年），年八十一，見唐圭璋全金元詞；

其三，卒於元成宗大德十年（西元一三〇六年）以後，以中國社會科學院文學研究所編著的中國文學史和顧學頡元明雜劇為代表；

其四，卒於元仁宗皇慶元年（西元一三一二年）以後，以蘇明仁白仁甫年譜、傅惜華元代雜劇全目以及劉大杰中國文學發展史等為代表；

其五，卒年不詳，以游國恩等主編的中國文學史、葉德均白樸年譜為代表。

以上五種說法，卒於一二八五年左右的說法大概是依據王博文天籟集序，但王序明確於文末注明寫於「至元丁亥春二月上休日」，至元丁亥是元世祖至元二十四年（西元一二八七年），倘這時白樸已離世，作為好朋友，王氏一定會在序文中寫明，且天籟集中可以確定寫於至元二十二年之後的詞作有多首，如永遇樂至元辛卯春二月同李景安提舉遊杭州西湖，就寫於至元二十八年（西元一二九一年），故此說不能成立。第二種說法則不知何據。唐圭璋先生為詞學泰斗，卻在這裏出現了一個不該出的紕漏，至元二十二年是西元一二八五年，而非一三〇七年，可能是筆誤，亦有可能是誤記失查。如果唐先生認定白樸卒年為一二八五年，上文已說明其非；倘認定是一三〇七年，又缺乏確鑿的根據❸。想來唐先生是由天籟集中水龍吟丙午秋到維揚途中值雨甚快然這首詞作推斷的。丙午是元成宗大德十年，即一三〇六年，這年白樸尚遊揚州，已是八十歲的老人了，因推想卒年當去此不遠，遂認定卒年即在翌年。問題就出在這裏，白樸何以不能更高壽，活到八十二或八十三？因此，謂白樸卒年在一三〇六年後，纔是嚴謹的說法，在沒有可靠的新證據之前，只能這樣認定。

❸ 唐圭璋全金元詞（下）第六二四頁（北京，中華書局，西元一九九四年）謂白樸「卒於至元二十二年（西元一三〇七年），年八十二」。誤，一三〇七年是元成宗大德十一年。

然而，也有的學者將丙午向前推了一個甲子，認為白樸遊揚州的水龍吟詞是作者二十一歲時所作，即一二四六年。葉德均白樸年譜於「定宗元年（宋淳祐六年）丙午（西元一二四六年），二十一歲」條下云：

是年遊維揚。天籟集卷上水龍吟，題丙午秋到維揚途中值雨甚快然，中有「去鴻一線，情緣未了，誰教重賦，春風人面？鬥草閒庭，採香幽徑，舊曾行徧。漫今宵酒醒，無言有恨，恨天涯遠」。蓋敘遊跡而兼述離情者，正其少年作也。若如蘇明仁白仁甫年譜（刊燕京大學文學年報第一期）移至下一丙午，則為成宗大德十年（西元一三〇六年），時樸已八十一歲，尚能作此綺語乎？❹

葉氏只是著眼於文字以及詞中所表達的情致，就斷然稱白詞為少作，充其量是一種推論，且行文過於自信。他質疑蘇說，卻又引起了不少學者對他的質疑。如王文才先生的白樸年譜，於一三〇六年款下寫道：

❹ 葉德均戲曲小說叢考（上）第三五二頁，北京，中華書局，西元一九七九年。

> 「情緣未了，誰教重賦，春風人面」諸句，必非漫為綺語。蓋悲亡妾舊游，故八十老翁亦有情詞，不足為怪。不應視為少年側艷之作，移置二十一歲丙午，是年無因遠游江南。考辛卯游杭州詞云：「青衫盡耐，濛濛細雨，更著小蠻針線。」亦非泛用東坡青玉案送伯固還吳中「青衫猶是，小蠻針線，曾濕西湖雨」句，乃實有白家之「小蠻」。聯繫此詞，更確有其人。況木蘭花慢感香囊悼雙文云：「記戀戀成歡，匆匆解佩，不忍忘他」；「嘆物是人非，虛迎桃葉，誰偶匏瓜」，皆非悼亡室語。自有侍妾先亡，雖不逝於此時，事固有之。❺

非漫為綺語，「小蠻」確有其人。這顯然是針對葉說而言。如果說葉說出語武斷，缺乏事實依據，那麼王說畢竟列出了相關旁證材料，雖說難成篤證，卻頗能說明一些問題。至於白樸二十一歲時不可能遊揚州，趙景深等先生考據甚詳，可以參閱，為了節省文字，茲不贅述❻。總之，在新的材料未發現之前，將白樸的卒年定在一三〇六年後，是嚴謹的，

---

❺ 王文才白樸年譜，見白樸戲曲集校注附編，第三三九頁，北京，人民文學出版社，西元一九八四年。此引白詞「濛濛細雨」，原詞作「濛濛雨溼」，當是王先生筆誤。可參見同書第二七九頁。

❻ 趙景深、李平、江巨榮白樸和他的劇作——關於白樸生平、思想、劇作的劄記，見元曲通融

也是合乎情理的。白樸高壽，且由金入元，與關漢卿一樣，都是元貞時期劇壇上德高望重的耆宿。

關於白樸在「壬辰之難」中的遭遇，與其日後的人生態度以及詞曲創作，的確有著至為密切的關係。特別是「自幼經喪亂，蒼皇失母，便有山川滿目之嘆」❼。可以說此種心境意緒，一直貫穿於他的詞曲創作中。天興元年壬辰（西元一二三二年）十二月，蒙古兵圍困金朝都城汴京，金哀宗完顏守緒率群臣逃往汝州（今河南臨汝），中途改道逃向歸德府（今河南商丘）。白樸的父親白華隨駕而行。其時七歲的白樸經歷了汴京被圍困的一場大災難。對這次災難，劉祁歸潛志記載最為詳盡：

百姓食盡，無以自生，米升直銀二兩，貧民往往食人殍，死者相望，官日載數車出城，一夕則剮食其肉淨盡。縉紳士女多行匄于街，民間有食其子。錦衣、寶器不能易米數升。人朝出不敢夕歸，懼為飢者殺而食。平日親族交舊，以一飯相避于家。又日殺馬牛乘騎自啗，至于箱篋，鞍韉諸皮物，凡可食者皆煮而食之。其貴家第宅（下）第一九六一頁，太原，山西古籍出版社，西元一九九九年。

❼ 王博文天籟集序。下文引此，均簡作「王序」。

與夫市中樓館木材皆撤以爨。城中觸目皆瓦礫廢區，無復向來繁侈矣。朝官士庶往往相結攜妻子突出北歸，衆謂不久當大潰。❽

當時汴京城內之慘狀真可謂令人髮指。末句所言無論朝官士庶，皆北上逃難的場景，頗似關漢卿拜月亭中描寫的「龍門來魚傷」的慘痛情狀。白樸與母親的失散，當即是逃難中為亂軍衝散的。

天興二年（西元一二三三年）正月，汴京守將崔立降蒙古，六月，金哀宗又從歸德逃到蔡州（今河南汝南）。蒙古聯宋攻金，十一月宋將孟珙率軍二萬至蔡州。十二月蔡州城破。天興三年（西元一二三四年）正月，哀宗將帝位傳與東面元帥完顏承麟，自縊死。蒙古軍入城，殺金末帝完顏承麟，金亡。這就是少年白樸所經歷的大背景。「壬辰之難」後，幸賴大詩人元好問之助，挈少年白樸北上，撫養培育，悉心照拂。王序中說，有一次白樸患病，「遺山晝夜抱持，凡六日竟於臂上得汗而愈。蓋視親子弟不啻過之」。原來，元白兩家為通家之好，故多年之後白華謝元遺山詩有云：「顧我真成喪家狗，賴君曾護落巢兒。」王序中還說，少年白樸「讀書穎悟異常兒，日親炙遺山，謦欬談笑，悉能默記」。直到白樸

❽ 劉祁歸潛志卷十一錄大梁事，第一二六頁，北京，中華書局，西元一九八三年。

隨父居滹陽時，「遺山每過之，必問為學次第，嘗贈之詩曰：『元白通家舊，諸郎獨汝賢。』」可知在「壬辰之難」前後，白樸一方面在元好問輔導獎掖下打下堅實的文學創作基礎，同時也在喪亂中切身體會到太多的慘痛與驚懼，親眼看到刀光劍影，殺戮流血。因而，在北渡之後他「不茹葷血，人問其故，曰：俟見吾親則如初」。喪亂中的慘痛經歷，改變了他的生活習慣甚至是性格，也影響著他後來的文學創作觀念。

宋元間士人，往往飽經喪亂。在人命危淺、朝不保夕的離亂之中，在血與火的慘淡現實面前，人們不能不陷於生命意義的深沉思索。這與積極消極似沒有關係。「壬辰之難」時，元好問也被困城中，戰爭使得大詩人與普通難民無異，他的哥哥就是在蒙古軍攻入忻州屠城時被殺的。他在詩中寫道：「慘澹龍蛇日鬪爭，干戈直欲盡生靈。」置身血雨腥風之中，他只能在「愁腸饑火日相煎」❾中苦掙苦熬。汴京失陷後，遺山也淪為蒙古人的階下囚，幸賴他與當時蒙古主將張柔有一層親戚關係，總算保住了性命。北渡途中，遺山詩有云：

> 道旁僵臥滿纍囚，過去旃車似水流。

❾ 遺山先生文集卷八壬辰十二月車駕東狩後即事五首其二、其三。

紅粉哭隨回鶻馬，為誰一步一回頭。

癸巳五月三日北渡三首其一 ❿

白骨縱橫似亂麻，幾年桑梓變龍沙。

只知河朔生靈盡，破屋疏煙卻數家。

同上其三

此等景象，白樸自當親臨親見，因為他是與遺山一道北渡的。汴京被困時，有一百四十七萬人，城破後，「殺戮過半」⓫，即有七十多萬人在蒙古軍屠城時死於非命。所有這些，都給白樸留下了終生不滅的陰影。

戰亂與屠戮，並非始於壬辰，實際上自十三世紀初即未停止過。劉因曾言及金崇慶、貞祐間河朔地區觸目驚心的慘狀：

❿ 亦見遺山先生文集卷十二。

⓫ 見元史耶律楚材傳。

金崇慶末，河朔大亂，凡二十餘年，數千里間，人民殺戮幾盡，其存以戶計，千百不一餘。⓬

王若虛則謂：「閱興亡之大變，悟榮辱之真空。殘喘僅存，百念灰冷。方當脫屣俗累，優游瀟灑，以畢其餘生……」（滹南遺老集趙州齊參謀新修悟真庵記）段克己在其排悶詩中則慶幸自己能活下來，於驚魂未定中已頗覺滿足了：「四海干戈戰血腥，頭皮留在更須名？」性命尚在，腦袋還在肩上，已是不幸之幸。對於從死亡線上走過來的人，功名利祿，衣紫冠纓，就都是身外之物，毫無意義了。段氏此詩的後半云：

萬事轉頭慵掛眼，一杯到手最關情。
此身定向山間老，我與山英有舊盟。

這已與元人散曲中閒適、退隱一類的作品相溝通了。明乎此，方能理解劉因何以成了「不招之臣」，鶴鳴道人李俊民何以「抗志遁荒，潔身靜慮」，由是也就不難理解白樸為什

⓬ 四部叢刊初編本靜修先生文集卷四武強尉孫君墓誌銘。

麼人元不仕，且屢屢拒絕別人的好心薦舉，「視榮利蔑如也」。金元士人這種特別的心態，在白樸身上表現得尤為突出。這恐怕不是簡單的民族意識問題，亦非對亡金故君一往情深這樣一句話就能說清楚的。就裏原因儘管複雜，但有一點卻是明確的，那就是在特定社會背景下，對個體生命意義的冷峻思考，有如面對太多的殺戮和鮮血，白樸不再吃葷腥，在大災難和大憂患之後，他選擇了期於適意、詩酒優游的生活方式，特別是選擇了終生從事詞曲創作的人生目標，自是在情理之中。總之他厭倦了政治，淡薄了仕進，疏離了名利。王文才先生說：「他更易名號為樸、太素、蘭谷，正足說明心境寂聊，孤芳自賞。斟酌進退，遠害全身，頹放山林，求以自適。」⑬這番話說到了白樸的人格深處。看白樸的一首〔寄生草〕曲：

> 長醉後方何礙，不醒時有甚思？糟醃兩箇功名字，醅渰千古興亡事，麯埋萬丈虹霓志。不達時皆笑屈原非，但知音盡說陶潛是。

選擇人生道路有時是一件很痛苦的事。這首曲子筆者曾解讀過，以為非屈原，是陶潛，

---

⑬ 王文才《白樸戲曲集校注》前言，北京，人民文學出版社，西元一九八四年。

實際上是白樸的一種選擇。此曲或有標題，作勸飲，它貌似曠達，骨子裏卻是酸楚與沉痛；表面上消極，深層中則是芒角四射。此等曲子正是王季思先生所說的那種「在消極表現中即含有積極因素」⓮的典型作品。它是痛語，是苦中作樂，也是正語反言。對於仕途功名、興亡陵替、虹霓壯志，意欲忘卻，而忘卻的方法是用酒，即醉了後便什麼也不想了。這說明他最在意的正是這三件事，揮之不去，只能用酒中忘憂的辦法麻醉自己。有趣的是，白樸酒量很小，稍飲即醉，頗類於東坡。天籟集中有一首水龍吟詞，詞前有小序云：

遺山先生有醉鄉一詞，僕飲量素慳，不知其趣。獨閒居嗜睡有味，因為賦此。

「飲量素慳」卻又「不知其趣」者大倡飲酒，有幾分滑稽，而滑稽背後卻大有文章。原來，白樸飲酒，純然是為了「嗜睡」，歸根結柢是求一個「忘」字。看來絕意仕進並非與生俱來，它分明是經歷大災難大憂患之後一種痛苦的選擇。倘若是壓根兒就無意於仕進，就既無須忘，也不會有痛苦，甚至對功名、興亡和壯志提也不提了。觀水龍吟詞，無非突

⓮ 王季思與羅忼烈教授論元曲書，見玉輪軒古典文學論集第一八七頁，北京，中華書局，西元一九八二年。

出一個「睡」字，莊生、周公、陳摶皆成企羡之神聖，「黑甜鄉」則是極樂之境⓯。說到陶淵明，有一點特別值得注意，即他幾乎是元曲家傾慕的完人。淵明的歸隱，人們探討了許多原因，連篇累牘，不知凡幾。筆者卻認為從根本上說，是由淵明的固有人格即天性所決定的，就是「少無適俗韻，性本愛丘山」（飲酒其五）。白樸的情況亦相彷彿，他對「樂山樂水總相宜」（〔陽春曲〕）的適意任性生存方式頗為自得，對功名富貴的紛爭感到厭倦，便是所謂「志在長林豐草間」（沁園春監察師巨源將辟予為政，因讀嵇康與山濤書有契於予心者，就譜此詞以謝）。榮格曾說過，人的一生中所應該做的，只是在固有人格基礎上去最大限度地發展他的多樣性、連貫性與和諧性。固有人格往往在選擇個體生存方式中是起主導作用的。這無須引證論述，它是感性的、印象的，但有時較理性認定更準確，更有說服力。關於這一點，胡世厚先生的見解值得重視：「白樸不出仕蒙元的原因是複雜的，是多方面的，但其主要的原因是個人的志趣。封建時代的地主階級知識分子，放棄居官的機會，潛心於文學藝術創作，留連放蕩不羈的生活者，不乏其人。」⓰所謂個人志趣，或言性情好

⓯ 參閱王星琦元曲藝術風格研究第三二〇－三二三頁，南京，江蘇文藝出版社，西元一九九六年。

⓰ 胡世厚試論白樸拒仕元朝的原因，見元曲通融（下）第一九五〇頁，太原，山西古籍出版社，西元一九九九年。

尚，都與榮格所說的固有人格差足近之。惜胡先生只言及潛心於文學藝術創作，未曾說到白樸的「煙霞之癖」，事實上潛心創作與志在林泉構成了白樸選擇生存方式的兩方基石。而滄桑之感，黍離之悲，所謂「山川滿目之嘆」等等，充其量只能算作是抉擇時的催化劑罷了。

二

金亡後，白華輾轉到了真定，去投靠史天澤。史氏字潤甫，燕京永清（今屬河北）人，元初丞相。史家本為地方豪強，一二一三年蒙古軍圍金之中都（今北京市）時，史家率鄉人數千投降木華黎，此後史家軍從木華黎攻城掠地，並以真定為基地，發展成一支強大的地方武裝。史天澤為元初唯一的官至右丞相高位的漢族地主階級代表人物。先是，白華在壬辰亂後曾在鄧州（今屬河南南陽）投降了宋朝，後又叛宋降蒙古，他投靠史天澤是在一二三七年初，到這年秋天，白樸及其姊姊纔由元好問送至真定。這時的白樸已經十二歲了。這裏要穿插說明一點，對白華降宋降蒙，當時士大夫頗有微詞，謂其「夙儒貴顯，國危不能以義自處為貶云」（金史本傳）。之所以雖「聲名掃地，而猶得列於金臣之傳者，援蜀譙周等例云」（同上）。譙周為三國蜀之光祿大夫，因曾勸後主禪降魏，魏封其為陽城亭侯。

白華兩降，均不為所用，落得個「浮雲柳絮無根蒂」，晚景寂寞淒涼的下場。父親如此境遇，白樸印象極為深刻。他的入元不仕，甘居於遺民之列，與父親後半生的遭遇不無關係，史天澤薦舉白樸當在元世祖中統二年（西元一二六一年），三十六歲的白樸已相當成熟了，他選擇了拒絕。此後也還有人薦舉，同樣遭到拒絕。

白樸居真定期間，與當時一批文人學士如胡祗遹、盧摯、王惲、王思廉、奧敦周卿等相交遊，其中有的是元初著名戲曲作家，如侯克中、李文蔚、史樟等。當時的真定相對比較安定，是雜劇創作演出的重鎮之一⓱。蒙古海迷失后稱制二年（西元一二五〇年），二十五歲的白樸遊燕京，出入勾欄，結識書會才人，與著名雜劇作家以及著名演員交往。天籟集中有滿江紅庚戌春別燕城，就是留別青樓歌妓之篇什。這一時期，他的志趣已轉向了詞曲創作，特別是雜劇創作。真定的戲曲創作氛圍，燕京之旅的出入勾欄，都可視為白樸志趣轉向戲曲創作的重要原因。

中統初，壯年白樸開始漫遊大江南北。先由真定而南下，羈留漢江，又轉至九江。至元三年（西元一二六六年），他四十一歲，又北上遊汴京，順便或回真定省親。六年（西元

⓱ 一般認為元雜劇早期創作演出中心地區有平陽、真定、東平，在山西、河北、山東範圍內，後漸趨以大都為最繁盛。

一二六九年），往懷州（舊治今河南信陽），客於懷孟路總管楊果處。楊為金之舊臣，原是白華的舊交，也是一位曲家。至元十三年和十五年，白樸兩度寓於九江。直到至元十七年（西元一二八〇年），他五十五歲時，始移居金陵，並終身定居於此。金陵乃六朝古都，歷史遺跡甚多，且處南北交界之地，南人北人皆能適應此間的生活習慣。更兼南北文化在這裏交融，頗為北方士人所喜愛。此外，他的弟弟白恪當時正在江南行臺做省吏。種種原因決定了白樸選擇金陵作為自己的終老之地。他南下時曾在詞中寫道：「四海有知己，何處不為家」，「從他造物留住，辦作老生涯」（水調歌頭）。且看他初到金陵時所寫的一首詞：

水調歌頭初至金陵，諸公會飲，因用北州集咸陽懷古韻

蒼烟擁喬木，粉雉倚空寒。行人日暮回首，指點舊離宮。好在龍蟠虎踞，試問石城鍾阜，形勢為誰雄？慷慨一尊酒，南北幾衰翁。　賦朝雲，歌夜月，醉春風。新亭何苦流涕，興廢古今同。朱雀橋邊野草，白鷺洲邊江水，遺恨幾時終。喚起六朝夢，山色有無中。

詞罷諸公有賡和者，於是白樸又自和數章（今存五首），金陵山水勝跡，差不多都吟詠

遍了。可見，他定居金陵乃是一種文化現象，可以說吸引他的，主要是六朝遺跡以及金陵深厚而又久遠的歷史文化積累。白樸引領風氣之首，可謂開了此後北曲雜劇作家南移的先河。

白樸的詞究竟該如何評價？歷來有激賞者，亦有貶抑者。王博文天籟集序云：「辭語遒麗，情寄高遠，音節協和，輕重穩愜，凡當歌對酒，感事興懷，皆自肺腑流出，予因以天籟名之。噫，遺山之後，樂府名家者何人？殘膏賸馥，化為神奇，亦於太素集中見之矣，然則繼遺山者，不屬太素而奚屬哉！」「天籟」的評騭不可謂不高。紀昀四庫全書總目提要云：「樸詞清雋婉逸，意愜韻諧，可與張炎玉田詞相匹。惟以製曲掩其詞名，故沉晦者越數百年，詞家選本遂均不載其姓字……蓋其詞采氣韻，皆非後人之所能，固一望而知為宋元人語矣。」此評肯定了樸詞的宋元人氣象，且謂可與玉田詞爭勝，二家在伯仲之間，褒意至明。惟王靜安先生於天籟詞頗有微詞：

> 白仁甫秋夜梧桐雨劇，沉雄悲壯，為元曲冠冕。然所作天籟詞，粗淺之甚，不足為稼軒奴隸。豈創者易工，而因者難巧歟。抑人各有能有不能也？讀者觀歐、秦之詩遠不如詞，足透此中消息。（人間詞話）

何以評價之差異如此之大？王博文是白樸執友，四庫提要大約是受了朱彝尊的影響。朱氏於康熙間校過天籟集後有跋語云：「蘭谷詞源出蘇、辛，而絕無叫囂之氣，自是名家。元人擅此者少，當與張蛻庵稱雙美，可與知音道也。」王靜安先生則是從其「凡一代有一代之文學」的觀點出發，雖未免苛責，卻大體是公允的。細讀天籟詞，確與作者之曲（包括雜劇和散曲）相去甚遠，尤其是寫於金陵之篇什，多櫽括前賢成句，如謝朓、李白、劉禹錫、蘇軾等。儘管飽含滄桑之感，然畢竟缺乏原創精神。值得重視的倒是白詞中曲的意趣，從中依稀可以見出由詞而曲的嬗變痕跡。如沁園春夜枕無夢，感子陵太白事，明日賦此後半有云：

> 且放我，狂歌醉飲些。甚人生貧賤，剛求富貴，天教富貴，卻逞驕奢。乘興而來，造門即返，何必親逢安道耶。兒童笑，道先生醉矣，風帽欹斜。

細細味之，此詞渾如曲，或言介於詞曲間，無論題材內容還是表達方法都流溢出濃重的曲子味道。從某種意義上說，它擴大了詞的表現形式和題材範圍，也透露出曲文學勃興和繁盛的某些消息。這差不多可以視為白詞最突出的特點。

天籟集的意義尤在其信息之豐富，為研究白樸生平思想以及行旅蹤跡提供了許多鮮活的材料。其中有不少詞作是可以繫年的，亦涉及了不少交遊人物的事跡。比如奪錦標得友人王仲常李文蔚書，仲常名思廉，仕元至翰林學士承旨，還有滿江紅重陽後二日，王彥文並利用、秦山甫相過小飲，利用亦姓王，字賓國，贈柱國中書平章政事，可知王思廉、王利用等好友，皆仕於元，且官都做得很大。在白樸的交遊中，仕元而身居要職者，還可以列出許多，胡祗遹、王惲自不必說，曲家盧摯官亦至翰林學士承旨，他的妹妹還是白樸的弟媳。天籟詞中提及的還有江州總管楊文卿、參知政事楊果、府判奧敦周卿以及劉牧之同知、李具瞻侍御、浦敬之都事等，不一而足。這迫使我們不能不思考一個問題，即白樸拒薦不仕究竟是否是對元蒙殘酷統治和實行民族歧視政策不滿的問題。許許多多的摯交好友都不僅仕元，而且身分顯赫，白樸仍與他們唱和往還，頻繁酬酢，該做如何解釋？這使我們很自然地聯想起陶淵明來。我們知道，淵明之隱，與其人格精神和性情好尚是息息相通的。他其實並不一般地反對出仕，只是骨子裏不肯與趨名逐利的世俗濁物同流合污罷了，亦不無知識分子的恃才傲物。他的極可愛之處恰恰在於：自己退隱了，然絕不以己度人，勸別人也像自己一樣超然物外，高蹈遠隱；相反地，正直的良朋契友出仕，他又鼓勵他們去匡時濟世，有所作為，表現得非常豁達。其與殷晉安別詩結末云：

良才不隱世，江湖多賤貧。
脫有經過便，念來存故人。

此中的「江湖」，一般認為是淵明自指；脫，此處是倘若之意。後兩句是說，如有便經過我這裏，別忘了老朋友間聚一聚。存，即存問，這裏是探望、會晤的意思。殷晉安，指殷鐵，字景仁，因其為晉安南府長史掾，故稱。殷於義熙七年（西元四一一年）三月授太尉行參軍，四十七歲的淵明其時正在隱居，彼此雖志趣不同，他卻不以一己意志強求於對方。又五月旦作和戴主簿有云：

遷化或夷險，肆志無窊隆。
即事如已高，何必昇華嵩。

戴主簿，生平事跡不詳。想來與殷景仁一樣，亦為淵明好友。詩中的「遷化」，指自然界運轉，宇宙自然以自己的規律推移變化，或險或夷（順），是不以人的意志轉移的，只要「肆志」（順遂自己的志趣），便無所謂高下。窊，音ㄨㄚ，這裏猶洼；隆，突起，此指高處。「即事」二句是說已然出仕且擔當要職，就順其自然，沒有必要隱於山林了。華、嵩，即華山與嵩山，均指神仙與隱士居所，此代指隱逸。看起來淵明一點也不矯情，主張遂情率性，自然而然，於人於己皆如此。

白樸的性情與淵明頗有相通之處。且看他的一首木蘭花慢己丑送胡紹開王仲謀兩按察赴浙右閔中任，時浙憲置司於平江，故有向吳亭句：

> 擁煌煌雙節，九萬里，入鵬程。愛人物鄒枚，文章李杜，海內聲名。相逢廣陵陌上，恨一杯不盡故人情。歲月奔馳飛鳥，交遊聚散浮萍。　出門一笑大江橫，馬首向吳亭。且分路揚鑣，七閔兩浙，得意澄清。江山賸供詩否，想徘徊南斗避文星。留著調元老手，卻來同佐昇平。

此詞一如淵明與殷、戴二位之別詩，對朋友鵬程萬里欣慰之中又滿含依依不捨的款款深情。特別是「七閔兩浙，得意澄清」，還有「調元老手，卻來同佐昇平」數句，一方面勖勉對方建功立業，政績彰顯，另一方面又鼓勵朋友施展才華，為社會的清平與安寧盡心竭力。調元，調調合陰陽，執掌大政之意。這更加清楚地說明了白樸不仕元蒙，並非像某些論者所說的那樣，與民族氣節有著多麼密切的關係，否則將無法解釋何以許多知交仕元，他仍與他們詩酒唱和，保持著親密的聯繫。天籟集中還有一首春從天上來至元四年恭遇聖節真定總府請作壽詞，特別值得注意。其結末云：「皇祚綿綿，萬斯年，快康衢擊壤，同戴堯天。」一派歌功頌德、歡呼太平盛世的筆調，稱其為「諛詞」亦不為過之。自然，此詞無甚意味，因為它是「作」出來的，不是自心底流出來的。不過，它也多少說明一些問題，那就是作者對元朝的統治未必不滿甚至仇恨，倘若再聯繫他的散曲作品綜合考察，其總體上所感慨的是戰亂所造成的淒慘、荒涼，給人的感受主要是悲慨與感傷，而不是憤怒與反抗；其對政治的疏遠，則主要是因為他不願蹈襲父親的覆轍，尤其是根植於個人性情和志趣。

三

白樸的雜劇作品，據錄鬼簿和太和正音譜等著錄，共有十六種，今僅存唐明皇秋夜梧桐雨和裴少俊墻頭馬上（一作鴛鴦簡墻頭馬上）二種；詞林摘艷與雍熙樂府中均收有韓翠翠御溝流紅葉（「溝」一作「水」）之〔正宮．端正好〕一套和〔中呂．粉蝶兒〕一套；李克用箭射雙雕雜劇，錄鬼簿和太和正音譜白樸名下均未見著錄，詞林摘艷始題作「元白仁甫李克用箭射雙雕雜劇」；李玉北詞廣正譜〔仙呂宮〕收一套五支殘曲，題作「白仁甫箭射雙雕雜劇」或題作「白仁甫李克用雜劇」。王靜安先生曲錄據北詞廣正譜著錄其正名。此劇至今未見傳本，僅在詞林摘艷、雍熙樂府、盛世新聲和北詞廣正譜中，存有殘曲。也有人懷疑它不是白樸的作品，或疑其不是雜劇而是套曲，然根據都不足，姑置於此作為雜劇殘曲視之。至於傳本董秀英花月東墻記⓲，究竟是否為白樸所作向有爭議，或以為「且不說關目與王實甫西廂記頗多逼似之處，即以文詞曲白而言，格調卑俗，不類元人手筆，所以是衹能排除在外的」⓳。或以為它「大約是白樸早年在真定的作品，可能是與史樟的南戲董秀英花月東墻記同時而作。因題借事，難見精彩。今傳脈望館本，很大程度上又經過明人竄改，不但仿襲西廂記的關目情節，語言亦缺乏生氣，滿篇堆砌花間式的冗語陳詞，不類白樸他劇，更顯得是明代後期的筆調」⓴。筆者以為後者的說法可取，因前者的說法只是一種推測，並無確鑿的證據。此外，白樸的散曲也寫得非常出色，今存三十七支小令和四個套數。

⓲ 東墻記雜劇今傳脈望館本，有隋樹森編元曲選外編本，北京，中華書局，西元一九五九年。

⓳ 同❻第一九六四頁。

⓴ 同⓭。

梧桐雨雜劇是白樸的代表作，也是元雜劇中著名的歷史悲劇，向來人們的評價極高。劇寫唐明皇寵幸楊貴妃，二人情深意篤，朝夕相伴。時幽州節度使張守珪因部下捉生討擊使安祿山征討奚契丹敗北，將安押解朝廷，待天子聖斷治罪。唐玄宗見安祿山驍勇且乖巧，在昧於其一句「惟有赤心」的謊言，非但不治罪於他，反將其留在京城欲封為平章政事，在張九齡等人的再三諫阻下，玄宗纔改加安祿山為漁陽節度使，統領蕃漢兵馬，鎮守邊庭（楔子）。七月七日，楊貴妃吩咐在長生殿排設乞巧筵，玄宗此時已是「朝綱倦整」，他與楊妃在長生殿裏悄悄私語，海誓山盟，賜金釵一對、鈿盒一枚與楊妃，以示厚意深情（第一折）。御園中沉香亭畔，秋色斑斕，玄宗與楊妃列小宴，食荔枝，楊妃登盤演霓裳羽衣舞，直至夜靜更闌。左丞相李林甫匆匆見駕，言安祿山造反叛亂，大勢軍馬已破潼關，威逼長安。因京師空虛無備，叛軍來勢洶湧，李林甫奏請收拾六宮嬪妃，諸王百官，暫避鋒芒，遁向西蜀。玄宗無奈，只能蒼皇幸蜀（第二折）。西行途中，鄉里百姓勸玄宗圖東還破賊，玄宗遂命太子統兵，令郭子儀、李光弼為元帥，回軍破敵。玄宗一行至馬嵬坡，右龍武將軍陳玄禮率扈駕禁衛軍突然嘩變，強烈要求處死楊國忠和楊貴妃，謂其是釀成安史之亂的罪魁禍首。在萬般無奈的情勢下，玄宗不得不傳旨殺了楊國忠，賜楊妃縊死。陳玄禮率軍眾馬踐楊妃屍首，玄宗恓惶淚灑，愴然上馬（第三折）。安史亂後，玄宗返回長安。時太子繼位，是為肅宗。玄宗退居西宮養老，他日夜思念楊妃，令待詔畫了一幅楊妃的畫像，每日相對。秋夜，他夢見楊妃，忽而又不見了。夜雨瀟瀟，敲打在梧桐樹上，令人心焦。玄宗黯然傷神，徹夜無眠（第四折）。

關於李、楊之間愛戀的事跡，既有歷史記載，也流傳著不少民間傳說。白居易的長恨歌和陳鴻的長恨歌傳，就是以歷史記載為素地，兼採逸聞佚事和民間傳說而寫成的文學作品。對這兩部作品的主旨，一向存在著不同的看法。分歧的焦點無非是同情還是譴責，歌頌還是揭露。事實上就文本的具體描寫而言，兩個作品都是既有同情、歌頌，亦有譴責、揭露，只不過是從整體上看哪一方面更突顯一些罷了。就長恨歌來說，劈頭裏兩句即是婉諷。至於「雲鬢花顏金步搖，芙蓉帳暖度春宵。春宵苦短日高起，從此君王不早朝」數句，則有意無意間分明是在譴責與揭露。然而，一篇長恨歌通篇給人的感覺卻是同情與歌頌大於譴責與揭露的。特別是「臨邛道士鴻都客」之下，運用超現實的浪漫手法，不遺餘力地謳歌了李、楊之間的生死之愛。結六句點題，扣緊一個「恨」字，成為千古佳句。恨，是遺憾、惋惜之意。作者命意題旨自然流出。長恨歌傳則不同，它不僅明確交待了楊妃來自「壽邸」，還稱安祿山造反，是「以討楊氏為詞」，這就透露了楊與安之間的私情。更兼受史傳寫法的影響，結末處的一番議論尤為迂腐，謂白居易之「歌」，「意者不但感其事，亦欲懲尤物，窒亂階，垂於將來者也」。這大約有悖於白氏的旨趣，「傳」與「歌」似殊途而不同歸，思致和意趣是判然有別的。么書儀先生甚至認為：「從兩個作品的實際情況來看，陳鴻與白居易的著眼點並不相同。白詩主要寫情，陳文意在諷諭。白居易為服從他寫情的主旨，在故事的情節上進行了大體允當的剪裁，因而客觀上達到了預期的效果。陳鴻在小說的前面，寫了李隆基沉溺於對楊玉環的愛情，以至荒廢朝政，縱容楊國忠『愚弄權柄』，導致安史之亂，諷刺的傾向十分明顯。」此論無疑是一個符合作品實際的見解。么先生還特別指出：「長恨歌與長恨傳一重歌頌一重諷諭的不同描寫，實際上對後世表現李、楊故事的作品有著重要的影響。宋人樂史的楊太真外傳在主旨上與長恨傳相近……」接著么先生還通過考察元人王伯成的天寶遺事諸宮調殘存套曲，認為到了元代，野史和文學作品中的李、楊故事，大多存在著思想內容上的不一致。「意在歌頌的，禁不住有所諷刺；旨在『垂戒』的，又往往流露出同情的贊賞。不過，大體上說，它們的主題仍可分為以長恨歌和長恨傳為代表的兩大類」㉑。如此，便從根源上將李、楊故事何以呈現思想內容複雜甚至是前後矛盾的情況大體上釐清了。那麼，白樸的梧桐雨屬於上述的哪種類型呢？我們不妨來看看各家的不同觀點。

㉑ 同❶第二三二—二三四頁。

主張梧桐雨重在寫愛情的，趙景深等先生的觀點最值得我們注意，因其毫不猶豫，一針見血，絕不把兩者（即同情歌頌與譴責揭露）調合在一起：

實事求是地說：梧桐雨中內容的積極意義，在於對忠於愛情的感情和品質的謳歌。這恐怕是作者究竟為什麼要寫這部戲劇的宗旨所在，布局的安排上也體現了這一點。㉒

趙先生等還指出：「梧桐雨畢竟不是帝王的家譜而是文藝作品，人物形象中滲透了那個時代作家與人民自己的情操和理想；如果我們還能記得那是婦女被侮辱、被損害的男權社會的話，我們就有可能實事求是地領會作者的苦心孤詣而承認作品的積極意義。」（同上）

在持重在譴責揭露是作品的主旨，而愛情只不過是貫穿線索一派中，吳新雷先生的觀點較有代表性，他在論白樸的名劇梧桐雨一文中說：

㉒ 同❻第一九六九頁。

作者始終不忘把愛情糾葛貫穿政治悲劇中來寫。愛情的失敗是由於政治的腐敗，而政治的腐敗又源於荒唐的戀情，兩者互為因果。由此可見，白樸的創作思想是明確的，他是通過李、楊悲歡離合的故事，譴責統治集團的淫逸亂政，總結了歷史興亡和政治成敗的教訓。㉓

主張既寫愛情，同時亦有譴責，並引發出興亡之感和民族意識一派，人數較多，雖觀點不完全相同，大體上可視為「調合派」。如陳健在略論〈梧桐雨〉雜劇一文中說：

梧桐雨的主題思想似以歌頌唐明皇與楊貴妃的真摯的愛情為中心，附帶也反映了統治階級荒淫享樂所造成的國家危難。前者是作者所歌頌贊美的、後者是作者所鄙薄反對的。㉔

王文才先生的觀點與此相彷彿，但他認為同情的成分似更大一些：

㉓ 吳新雷中國戲曲史論第八九頁，南京，江蘇教育出版社，西元一九九六年。
㉔ 陳健略論〈梧桐雨〉雜劇，見元明清戲曲研究論文集，北京，作家出版社，西元一九五七年。

其實長恨歌何嘗沒有惻怛憂愛之心，即使是以悲劇結局的梧桐雨，仍然流露惻怛之意。白樸對唐明皇的態度，既加譴責，又多惋惜，表現在秋宮夜雨的場景中，用盡灰黯陰霾的感色，竭力渲染他失意廢居後的抑鬱愁苦，本能地賦予同情。㉕

如果說還有一派觀點，與「調合派」不同，以為愛情也好，譴責也罷，乃至既有愛情也有譴責，都不足以視為白樸寫梧桐雨雜劇的旨意所在，作者實際上是另有寄託，別有寓意。這裏姑且稱此一派為「寄寓說」。持此種觀點的人為數亦不少。如么書儀謂：

從歌頌愛情或是譏諷時政的角度來論說梧桐雨的內容，必然都會遇到困難。用既歌頌又有諷刺來概括，也難以解釋完滿。我以為，白樸在這個劇中，是要借李、楊故事抒發他的一種在詞作中反覆表現過的「滄桑之嘆」，一種在美好的東西失去以後又無法復得的哀傷與追憶，表現極盛之後的寂寞給人帶來的無可排解的悲哀，也是表達一種對盛衰無法預料和掌握的幻滅。㉖

㉕ 同⑬。

㉖ 同❶第二三七—二三八頁。

又如許金榜說：「梧桐雨描寫的是外敵內奸所造成的唐明皇的悲劇，從而抒寫了國破家亡之嘆，反映了一定的民族意識。」許先生強調了「作品把安祿山叛亂作為一種具有異族入侵性質的民族矛盾來加以描寫的」。他認為安祿山和楊貴妃都是作者要鞭撻的反面人物，唐明皇纔是作品中的正面形象：

在梧桐雨中，安祿山是一個異族入侵者，楊貴妃是一個導致異族入侵的人物，他們是作品批判的主要對象，而唐明皇則是一個異族入侵的受害者，是值得同情的。

許文的結論與么書儀的觀點很相似，認為梧桐雨中唐明皇的遭遇本質上與元代人民的遭遇有某種相似之處，因而劇作「可以借唐明皇抒寫亡國之嘆，並且能夠引起人們的共鳴」。他說第四折極盡鋪排之能事，具有關鍵意義：

其主旨是為了表現唐明皇對過去繁華歡樂生活的追憶，以反襯眼前生活的孤寂和淒清，從而表現興亡之嘆，並不一定說作品的目的在於歌頌唐明皇對楊貴妃的真摯愛情。㉗

在「寄寓說」諸家觀點中，劉維俊的說法有些特殊。他將唐代安史之亂前後與金朝末年的歷史事實加以對比，得出了與眾不同的結論：

> 他（指白樸，引者注）寫梧桐雨是有所寄寓的，因為金國和唐朝有相類似的歷史，唐明皇重用安祿山，而釀成安祿山兵變，唐代因此一蹶不振。金哀宗重用官奴，而釀成官奴叛變，金國也遭受到致命打擊。

劉先生認為金之衰敗與唐之衰微，「事件亦相彷彿」，故謂白樸是「把死去的歷史和活著的現實聯繫了起來，他把過去的事實和現在的感情聯繫了起來。他鞭笞安祿山，就是鞭笞官奴；他批評唐明皇，就是批評金哀宗。聲東擊西，借酒澆愁，這是作者真正的思想。當唐玄宗離開長安時，他猛然間想到了金哀宗離開汴京……」總之一句話，「他是要借梧桐雨的酒杯，來澆自己國亡家破的惆悵」㉘。

㉗ 許金榜一曲國破家亡的哀歌——〈梧桐雨〉新探，濟南，東嶽論叢，西元一九九〇年第二期。

㉘ 劉維俊亂自上作——評〈梧桐雨〉，西元一九九〇年二月海峽兩岸元曲研討會論文，見元曲通融（下）第一九八五頁，太原，山西古籍出版社，西元一九九九年。

舉一而反三，對梧桐雨雜劇的命意題旨，大體上不出以上所列四種觀點的範圍，即愛情說、譴責說、既寫愛情又兼有譴責說（調合說）和寄寓說。在持愛情說的論者中，武潤婷的論述特別值得我們的重視，因其轉換了一個視角，不再就事論事，而是從一個特殊的歷史時期大文化轉變的角度，抓住審美情趣變異所帶來的文學創作的代興這個關鍵，試圖對梧桐雨雜劇複雜的思想傾向作出新的闡釋。試看武先生對楊妃來自壽邸和楊妃與安祿山之間「私情」的闡釋：

幸月宮（案，錄鬼簿作唐明皇遊月宮）所寫的，當是圍繞明皇搜致楊妃而設的人神相愛的故事。他向人們表明，唐明皇與楊玉環的結合，是一種夙分，是重續前情，而楊玉環先做壽王的妃子，祇能算好事多磨了。這樣，就把李、楊頗為荒唐的結合，寫得情意綿綿，風流跌宕。㉙

㉙ 武潤婷從〈梧桐雨〉對李楊愛情故事的改造看元人審美情趣的變異，西元一九九〇年二月海峽兩岸首屆元曲研討會論文，見元曲通融（下）第一九九〇頁，太原，山西古籍出版社，西元一九九九年。

武文考察了白樸幸月宮雜劇的內容，並推測其關目情節，以為它是一本寫人神（唐明皇與嫦娥）相戀的雜劇，猶如漢武帝與西王母故事，而且人神之間當有愛情盟誓。這樣一來，幸月宮與梧桐雨之間便有了割不斷的聯繫，視之為兩本連演亦未為不可。如此，梧桐雨「楔子」中唐明皇所言「去年八月中秋，夢遊月宮，見嫦娥之貌，人間少有。昨壽邸楊妃，絕類嫦娥，已命為女道士，既而取入宮中，策為貴妃，居太真院」一段話，纔有了著落。「嫦娥」在此亦非虛指。故武文強調白樸把傳說中明皇遊月宮的故事加以改造，演繹成一個動人的人神相戀故事，「並把它當作李楊愛情的前身，無非是要告訴人們，李楊的結合，不合乎理，卻合乎情，只有情才是兩性結合的最合理的因素」。

文學形象與歷史人物是不容混淆的，這是文藝理論的常識。討論梧桐雨中的唐明皇形象不能總是糾纏那個歷史人物李隆基，這個概念拎不清楚，問題就會越弄越複雜。歷史事實是楊玉環冊封為貴妃是在天寶四載，時李隆基六十三歲，而楊玉環只有二十七歲。有人認為，如此老夫少妻，能有什麼真摯的愛情？問題不是這樣一個提法，且不說李的身分是天子，便是在古代民間，恐怕年齡差距也不是什麼問題。況且作為文學形象，就更不應該以這樣的角度去看了。所有描寫李、楊故事的文學作品，幾乎都有意模糊二人間的年齡差距，白樸也不例外，他在梧桐雨中絕口不提李、楊年齡，其良苦用心是不言而喻的。不錯，歷史上壽王李瑁的確是唐玄宗李隆基的親兒子（第十八子），但文學作品就是文學作品，梧桐雨中亦模糊處理了這層關係。退一步說，李唐王朝乃鮮卑化了的漢人。情況較為複雜。若從鮮卑人的立場看問題，李唐不僅有鮮卑血統，而且受鮮卑文化影響至為深刻。鮮卑人在婚姻觀上是以女性為主的，明顯帶有母系社會的遺風。如此說來，亦直可將李唐家族視為鮮卑人，即上溯至北周八柱國的拓跋氏。因而不能以漢族的宗法觀念和倫理思想去衡量李唐王朝皇族的生活方式和行為規範。從這樣的意義上看，武文將李楊愛情視為亂倫的行為，恐尚可商榷。但武文中的一個觀點是可取的，就是我們應該從作品的實際出發，而不能以欣賞者的情感取代作品本身的情感特徵，即不能以我們今天的道德倫理觀念強加於作品本身，這是解讀與闡釋梧桐雨時要特別加以注意的一點。說到楊妃與安祿山的私情問題，武文認為：「梧桐雨歌頌了李楊之間雖不忠貞卻十分強烈的愛情。在作者看來，美好的愛情，在於怡情悅色、歌舞風流，貞節與否，倒是無關緊要的。因此，安楊私情，就被當作李楊愛情中的一段頗具世俗情趣的小插曲。作者的態度，不是揭露，倒是欣賞。」這樣的見解，不可謂不大膽，它顛覆了此前幾乎所有人們關於梧桐雨中安、楊私情的看法，並從審美情趣變異的層面上指出，白樸「這種是非美醜的判定，顯然與封建傳統的觀念大相悖逆」。武文的結論是：

從梧桐雨對李楊愛情的改造上，可以看出元人的審美情趣發生了重大的變異：作家的創作，不再著眼於封建文化，而是為著自己和觀眾的愉悅；不再按照以理書情的原則，從封建的道德觀念中尋求善與美的統一，而是任情適性，注重美的新異性、怡悅性，乃至非理性；也不再代聖人立言，勸善懲惡，而是以充分的自我意識，去發掘生活本身的意義與價值。儘管這種審美意識不無庸俗之嫌，但它卻隱隱約約地體現了對創作個性、人性獨立的要求，是明中葉那種反對禮教束縛、企望個性解放，否定天理，肯定人欲的新的社會思潮的先聲。

這番議論目光敏銳，也頗有鋒芒。作為一種總體趨勢，或一部分作家的追求，而且限於元代前期，這種「變異」的傾向是存在的，白樸、王實甫等是有代表性的。但變猶未竟，也有一些作家作品維護傳統倫理思想，勸善懲惡，甚至以此對抗「綱常鬆弛」、「世風日下」的世風，否則將無法解釋陳母教子、五侯宴等雜劇㉚；後期的情況更為複雜，如宮天挺的范張雞黍，秦簡夫的趙禮讓肥、剪髮待賓，該如何解釋？因此，武文的這個論斷似欠嚴密。

㉚ 狀元堂陳母教子和劉夫人慶賞五侯宴兩種雜劇，或著錄在關漢卿名下，究竟是否關作，學術界尚存爭議。

儘管如此，其合理的內核自在，元前期雜劇的確在審美情趣上有所轉變。武文對梧桐雨雜劇的論述，視角獨特，不乏可取之處。

以上所列諸家之說，由於視角不同，所見自是異詞紛披。然而，各家所見，均不無根據，都可視為有意義的探索。對文學作品的闡釋，見仁見智，亦是常事。文學評論是不應該也不可能排除主觀性判斷而純然客觀呈現的，印象批評不可偏廢。這正是人文科學與自然科學的根本差異。自然，面對作品本身即不游離文本，無疑是闡釋者必須遵循的首要原則。

四

讓我們回歸到文本。

幾乎所有的論者都承認梧桐雨的結構嚴謹，情節緊湊集中。相比較而言，其他描寫李楊的作品，特別是洪昇的長生殿，均顯得蕪雜、枝蔓。梧桐雨這種結構布局，保持了悲劇性的和諧與統一。它以長恨歌為基礎，卻刪除了「臨邛道士鴻都客」以下「上天入地」的虛幻內容，緊扣「秋雨梧桐葉落時」鋪排生發，以強化悲劇色彩。這樣處理，便於對李、楊的悲劇愛情高度集中筆墨，從而將其描寫得旖旎婉約，哀而動人。「七夕盟誓」、「馬嵬殞玉」、「雨夜追思」是三場重頭戲，或深情款款，或撕肝裂肺，或痛楚哀傷，均淋漓盡致，寫足了兩情繾綣和至痛深哀。特別是第四折連續二十三支曲子，如天風捲水，一瀉千里，所謂「蕭蕭落葉，漏雨蒼苔」，將悲慨與哀怨寫到了極致，讀之令人情移神搖，驚心動魄。有的論者認為劇作在「楔子」中劈頭裏即寫安祿山，說明作者意不在寫愛情，而在於突出揭露與譴責，這完全說不通。細味全劇，寫安祿山叛亂，只是為劇情提供一個背景，著墨並不多。況且，「既寫歷史故實，總要描寫歷史人物在具體環境中的思想感情；如果在那樣重大的變亂之後，主人公毫無感觸，形象在舞臺上就會站立不起來。因此，撇開梧桐雨表現的具體內容（包括時代背景、事件與人物），把劇中一切拿來作為作者本身的圖解，不一定符合客觀事實」㉛。正是基於這樣的立場，趙景深先生等斷然指出「譴責說」和「寄寓說」存在著簡單化和主觀臆測的偏向，力主「愛情說」。

主「譴責說」者總是要拿楊妃與安祿山的所謂私情當作說詞，事實上楊妃鍾情的只是明皇，安祿山充其量是她的一個玩偶，開心解悶而已。「楔子」中楊妃初見安祿山，覺得此人滑稽乖巧，不失為一顆聊供消遣的開心果：

㉛ 同❻第一九六九頁。

（旦云）陛下，這人又矬矮，又會舞旋，留著解悶倒好。（正末云）貴妃，就與你做義子，你領去。（旦云）多謝聖恩。

安祿山在這裏，簡直就是個物件，是皇上高興時賞與妃子的一件好玩的小禮物罷了。在第一折中楊妃又云：

近日邊庭送一蕃將來，名安祿山。此人猾黠，能奉承人意，又能胡旋舞。聖人賜與妾為義子，出入宮掖。不期我哥哥楊國忠看出破綻，奏准天子，封他為漁陽節度使，送上邊庭。妾心中懷想，不能再見，好是煩惱人也。

有人據古名家雜劇本和酹江集本比勘發現，元曲選本於這段念白的「宮掖」下刪掉了十八個字。這十八個字是：「此人乘我醉後私通，醒來不敢明言，日久情密。」倘白樸原本果有這麼一句，為臧晉叔所刪，也說明不了它就是劇作家在揭露楊妃醜行，一則楊妃顯然是被動的，而安祿山纔是醜陋、卑鄙的；二則已如前述，它不過是李、楊故事中一個小的插曲，既然逸事傳說中有此說法，白樸並沒有刻意隱匿它。所謂「日久情密」云云，充其量是個有些俗氣的噱頭，損害不了整個人物形象。況且，全劇的主角是唐明皇，楊妃的略有出軌，或許正是白樸有意為之，以之抗衡封建社會的「片面貞節」，即只要求女子從一而終，而男子三妻四妾、眠花臥柳反為美談的荒謬邏輯。查白樸所作十六種雜劇，描寫男女情愛的作品在半數以上，可見他是熱衷於此類題材創作的。與後世「十部傳奇九相思」的明清文人之大多數作品不同，白樸的愛情劇絕少落入才子佳人大團圓的俗套，表現的往往是愛情的複雜性和多樣化，如流紅葉、祝英臺、崔護謁漿，雖文本未傳，我們約略也能得知其都不是簡單的團圓劇。祝英臺應該是浪漫的悲劇結局，流紅葉有殘曲在，其中描寫上陽白髮人式的幽怨與淒傷相當細膩：

> 往常我守椒房、耽寂寞、捱昏晝，今日箇又添上關心症候。趁西風飄離了樹梢頭，送與我這一場閑悶閑愁。見了些翠裙鳳翅傷秋扇，我聽了些絳幘雞人報曉籌。年年池館皆依舊，你看俺這嬪妃年老，幾時得葉落歸秋！（〈耍孩兒〉）

此劇情調、韻味與梧桐雨自是不同，與墻頭馬上亦自有別。足見白樸有多副筆墨，每劇的人物形象都極饒個性，絕不雷同。楊妃作為受寵幸的妃子形象，她的個性化色彩或許恰恰在於以我們今天的觀念所認定的不完美。或如武潤婷所說的那樣，楊妃形象透露出元人審美情趣變異的某種消息。

如果我們總攬全劇，而不是糾纏個別細微末節或一句兩句說白，就不難把握梧桐雨的愛情描寫主旨。與洪昇的長生殿不同，梧桐雨中的唐明皇對楊妃一往情深，始終不渝。他為楊妃的美麗所傾倒，熱烈讚賞她的聰明才智，尤其欣賞她的舞技。第一折中寫乞巧盟誓，唐明皇因與楊妃兩情相悅、相攜相得而感到格外的滿足：

朝綱倦整，寡人待痛飲昭陽，爛醉華清。卻是吾當有幸，一個太真卿傾國傾城。珊瑚枕上兩意足，翡翠簾前百媚生。夜同寢，晝同行，恰似鸞鳳和鳴。(〔仙呂．八聲甘州〕)

有論者以為玄宗的這種耽於聲色，盡情享樂，直接導致了安祿山的叛亂。姑且不論歷史上安史之亂複雜的政治經濟等諸多原因，僅以劇本的情感邏輯而論，這裏要表現的正是唐玄宗因愛而生的幸福感，此處的深愛乃是為後面的大悲張本。歷史上唐王朝安史之亂前後的政治危機主要在於土地兼併，農村破產，以及課稅日夥，逋逃歲增，未可一味苛責於玄宗的荒怠朝政，享樂有加。文學作品有的擔負著反映當時社會矛盾的責任，如杜甫寫於安史之亂前後的某些作品。但不能要求所有的作品都如此。白樸於五百年後創作戲曲作品，且是在一系列李楊故事正史野史、傳聞逸事和文學作品的基礎上的再創造，其現實干預性已不復存在，所剩也只是一個背景而已。不消說，白樸選擇這個題材來寫愛情，總是會碰到不少的麻煩，最突出的問題是帝王三宮六院，嬪妃如雲，他對某一個妃子能用情專一嗎？譬如長生殿就有著名的「絮閣」一齣戲，寫的是玄宗的用情不專，而梧桐雨則寫他「一心只想著貴妃」，這能令人信服嗎？若要寫生死不渝的愛情，何不去寫年齡相當的一對平民戀人呢？有的學者在論述中涉及到了這個問題，但語焉不詳，未能使這個疑點得以充分的解釋。如王文才先生說：「白樸有意無意地美化了他們的生活，婉轉私情，有如『佳人才子』，甚至按照社會習俗，『悄聲兒海誓山盟』，點綴風流，以此旖旎動人，別具情趣。」㉜也有人根據夏庭芝青樓集所載雜劇演員天然秀的小傳，以為白樸愛賞天然秀的演技，梧桐雨有可能是他特意為天然秀而撰寫的。案，青樓集中天然秀條稱其「豐神靚雅，殊有林下風致，才藝尤度越流輩」；又云：「閨怨雜劇為當時第一手，花旦、駕頭，亦臻其妙。……人咸以國香深惜，然尚高潔凝重，尤為白仁甫、李溉之所愛賞云。」駕頭，指以皇帝為主

㉜ 同❺。

角的雜劇。天然秀既擅演駕頭雜劇，又與白樸稔知，梧桐雨雜劇是為她定身打造的可能性很大。然這也只能算作是一種合理的推測，不足為據的。假如這個推想能成立，梧桐雨倒極有可能是白樸晚年的作品。青樓集中提到的這個李溉之，就是李泂，元史有傳。他生於至元十一年（西元一二七四年），卒於至順三年（西元一三三二年），泰定初除翰林待制，文宗時奉旨超遷翰林直學士。他比白樸小四十九歲。若李泂稱賞天然秀是在其三十歲左右（過早不會有如此大的文名），白樸已是近八十歲的耄耋老人了。也有人推想白樸結識天然秀時，或在這個演員初露頭腳之妙齡；李泂稱賞她的階段，當在她幾經周折，「復落樂部」仍技藝高超的中年。由此可知白樸從事雜劇創作當在至元中期，也就是中年以後的事。這時白樸五十多歲了㉝，假如此時天然秀二十上下，李泂則還是個五、六歲的兒童。及待李泂二十歲時，天然秀應當四十歲上下，而白樸則已是古稀老人了。假設梧桐雨真的是白樸為天然秀定身打造的「駕頭雜劇」，必在二人頻繁交往之後，而不會是在她初露頭腳之時，故梧桐雨很有可能是白樸晚年的作品。果若如此，第四折西宮養老的唐明皇孤淒怨艾中，或許是有感而發，摻雜了劇作家某種主觀的意緒。聯繫前文曾提及的至元辛卯春白樸寫的

㉝ 元世祖至元共三十一年，中期恰是所謂「國朝混一」的至元十六年（西元一二七九年），一般認為此時雜劇藝術已開始繁盛。參閱❻第一九六四頁。

一首遊西湖的永遇樂詞，其中的「濛濛雨溼，更著小蠻針線」句，謂梧桐雨主旨是重在寫情，似乎更順理成章了。

關於戲劇作品中皇帝和妃子間能否產生真摯愛情，以及如何看待他們之間的愛情問題，其實很簡單，就是當戲劇作品將他們的愛情寫得真切動人時，觀賞者因被感動而同情他們，於是忘記了他們的身分，將其視作了普通人。於此同時，劇作家也一樣，在創作中融入個人的生活經驗與實際體會，這樣的文學形象誕生之後，那個歷史上曾經的皇帝就不存在了。萊辛在其著名的漢堡劇評第十四篇中將這個問題說得再清楚不過了：

王公和英雄人物的名字可以為戲劇帶來華麗和威嚴，卻不能令人感動。我們周圍人的不幸自然會深深浸入我們的靈魂；倘若我們對國王們產生同情，那是因為我們把他們當作人，並非當作國王之故。㉞

萊辛在論述中似亦牽扯到國王個人的不幸與國家、民眾的關係問題，緊接上文，萊辛的一段論述相當精闢，對我們解讀梧桐雨雜劇似尤有啟迪：

㉞（德）萊辛漢堡劇評第十四篇，第七三頁，張黎譯，上海，上海譯文出版社，西元二〇〇二年。

他們的地位使他們的不幸顯得重要，卻也因而使他們的不幸顯得無聊。往往是全體人民都被牽連進去；我們的同情心要求一個具體對象，而國家對於我們的感覺來說是過於抽象的概念。

很清楚，王公和英雄成為戲劇的主角有得有失，然戲劇家還是多願意選擇他們來寫自己的作品，我們對此類戲劇的主人公產生同情，完全是因為我們將他們當作普通人之故。我們的同情心對象是文學形象而非歷史人物，儘管他們的名字相同。因此，那種何以去寫李、楊愛情悲劇而不寫石壕村中普通夫婦生離死別的質疑是毫無道理的。朱光潛先生對這個問題也有論及，他發揮了萊辛的觀點：

被輕蔑的愛情的慘痛和悔恨的痛苦，在一個農夫和一個帝王都是一樣的動人。這當然都對，但是也不可否認，人物的地位越高，隨之而來的沉淪也更慘，結果就更具悲劇性。一位顯赫的親王突然遭到災禍，常常會連帶國家人民遭殃，這是描寫一個普通人的痛苦的故事無法比擬的。如果我們看看悲劇中的傑作，就可以明白偉大悲劇家通常的寫法也證實這一條真理。希臘悲劇都是圍繞著英雄和國王的命運來寫的，這些人都是聲名赫赫，受人尊敬的像神一樣的人物。仿照古典作品的法國悲劇，在人物的選擇上甚至更嚴格。就連浪漫型的悲劇也沒有任何例外。莎士比亞的四大悲劇的主角，哈姆萊特、奧瑟羅、麥克白和李爾王都是處於高位的人物。㉟

說的雖是西方戲劇，理論上卻適於各民族的戲劇創作。其實中國戲曲又何嘗不是如此。以「元曲四大家」而言，關漢卿筆下的西蜀夢、單刀會，鄭德輝筆下的伊尹扶湯，白樸筆下的梧桐雨、遊月宮，馬致遠筆下的漢宮秋均是明例。

如此看來，白樸寫梧桐雨雜劇，其旨意只在描寫李、楊愛情，其他的種種推論和闡釋，都不過是論者和闡釋者的主觀聯想，或者說是作品背景所帶來的客觀效果，恐非作者的出發點，即作者未必然，讀者未必不然。不消說，所有的推論和闡釋，都有各自的意義，都是梧桐雨研究過程中探索的努力。但有一點需要明確，即文學作品一般並不承擔解答社會問題的責任，也不欲奪歷史學家之席。楊妃死了，唐明皇幾乎痛不欲生，而後如何？這樣的結局對唐王朝有什麼影響？白樸是在寫戲，恐怕沒有責任來回答這些問題。正如魯迅先生在談到娜拉形象時所說的那樣：「但娜拉畢竟是走了的。走了以後怎樣？伊孛生（案，

㉟ 朱光潛悲劇心理學第八八頁，北京，人民文學出版社，西元一九八三年。

今譯通作易卜生）並無解答；而且他已經死了，他也不負解答的責任。因為伊孛生是在做詩，不是為社會提出問題來而且代為解答。」㊱讀梧桐雨是不是應該也做如是觀呢？我們不能過於粘著安史之亂的社會背景和劇作家個人生活經歷中的苦難遭遇，這樣容易陷入主觀臆測和庸俗社會學的漩渦，還是應該回到文本，回歸文學，將李、楊當作藝術形象而非歷史人物。

五

梧桐雨藝術上所取得的成就，歷來眾口一詞，評價極高。明人孟稱舜謂其「真大家手筆」（古今名劇合選柳枝集），又將其與馬致遠漢宮秋並論，稱讚白樸是「填詞家鉅手」（同上酹江集）。清人朱彝尊在為天籟集所作的序中則謂：「余少日避兵練浦，村舍無書，覽金元院本，最喜仁父秋夜梧桐雨劇，以為出關鄭之上。」近人王國維更是將梧桐雨視為傑作，盛讚其佳：「余於元曲中得三大傑作焉。馬致遠之漢宮秋，白仁甫之梧桐雨，鄭德輝之倩女離魂是也。馬之雄勁，白之悲壯，鄭之幽艷，可謂千古絕品。今置元人一代文學於天平之左，而置此三劇於其右，恐衡將右倚矣。」（錄曲餘談）靜安先生甚至在其人間詞話中對

㊱ 魯迅娜拉走後怎樣，魯迅全集第一卷第一五九頁，北京，人民文學出版社，西元一九八一年。

梧桐雨豎起拇指，讚嘆備至：「白仁甫秋夜梧桐雨劇，沉雄悲壯，為元曲冠冕。」吳瞿安先生還將白樸梧桐雨與王實甫西廂記加以比較，以為白劇更勝一籌：「秋雨梧桐實駕碧雲黃花之上。」（中國戲曲概論）總之，古今曲論家對梧桐雨的高度讚揚，不一而足。

談戲劇作品的藝術，首先要看其結構。梧桐雨四折一楔子，頗費經營，井然有序。或刪繁就簡，或描摹精微，皆安排得當。如楔子，只是為全劇展示出一個大背景，自然是疏筆鈎勒，以簡約勝場。第一折徑直切入長生殿乞巧排宴，細致生動地描寫李、楊釵盒盟誓，厚意深情。悄悄迴廊，梧桐樹影，濃情密意，相攜相得；「碧天澄淨，銀河光瑩」，夜半私語，海誓山盟，劇作家將李、楊定情充分詩意化了。所有這些細膩真切的鋪排、渲染，顯然都是為後面馬嵬痛失楊妃以及重中之重的第四折「哭像」張本。值得注意的是，劇作家巧妙地利用牛郎織女傳說為全劇的悲劇結局埋下伏筆。當楊妃問及牛郎織女「一年只是得見一遭，怎生便又分離也」時，正末唱〔金盞兒〕曲道：

他此夕把雲路鳳車乘，銀漢鵲橋平。不甫能今夜成歡慶，枕邊忽聽曉雞鳴，卻早離愁情脈脈，別淚雨泠泠。五更長嘆息，則是一夜短恩情。

這是極具匠心的一個預示，差不多是讖語。李、楊之生死愛戀，不也是「短恩情」嗎？第二折尤見匠心：御園中秋色斑斕，李、楊小宴，梨園鼓吹，更有楊妃登盤演霓裳之舞，一片歡聲笑語之中，李林甫突然來報，稱安祿山叛亂，已破潼關。在強烈的對比與反襯中，將全劇推向衝突的高潮，即樂極哀來，便是後世長生殿傳奇據以敷衍的所謂「驚變」。此正是以樂景寫哀情十倍其哀寫法的巧妙運用。第三折寫倉猝幸蜀，馬嵬之變，這是悲劇的高潮。衝突的高潮緊接著悲劇的高潮，二三兩折是關目情節的樞紐，是戲劇結構中迭宕起伏的環生波瀾。第四折則是感情的高潮，是痛定思痛的大潮奔湧，它決定了全劇的詩化傾向和突出抒情性的獨特格調。這種間架結構形態與西方戲劇結構形態是完全不同的，即矛盾衝突已然解除之後，又有一個抒情的高潮，而且這個抒情的高潮又恰恰是著意之處，是重中之重。可以說它承襲的是中國古代文學重視抒情寫意的傳統，為中國古代戲曲創作提供了一種別饒情趣的獨特風格，其對後世的影響是深刻而久遠的。在明清傳奇牡丹亭、嬌紅記、桃花扇等劇作中，都可以看到大段抒情的場次，尤其是洪昇的長生殿，其中的骨幹齣目定情、密誓、驚變、哭像、雨夢等，都是在梧桐雨雜劇的基礎上進一步創造發揮而成。吳梅先生在其瞿安讀曲記中評論梧桐雨的結構藝術時說：「此劇結構之妙，較他種更勝，不襲通常團圓套格，而以夜雨聞鈴作結，高出常手萬倍。」㊲這雖是就整體上悲劇結局而言，卻也是針對全劇的情節結構之論。日人青木正兒氏則云：梧桐雨「結構上各場都佳妙，一點徒費筆墨的地方也沒有。全劇始終緊張，到第四折而靜靜地收場，頗有餘韻嫋嫋，不窮不盡的妙味」㊳。

梧桐雨雜劇的人物形象塑造，亦別具手眼，獨步孤行。與長生殿傳奇不同的是，白樸並未刪卻楊妃與安祿山的曖昧關係，沒有按「完美無缺」的模式去寫這個人物，而是依據有關逸聞傳說照直寫來，一點也不矯情，這反倒使楊妃形象更具真實感。在男子中心主義和夫權至上的大背景下，這完全可以視為是白樸在創作上的一種大膽的、有魄力的舉動。聯繫白樸的另一本雜劇墻頭馬上，李千金在未遇裴少俊之前即有傷春語，這是一種熱烈的渴望，真正意義上的青春覺醒：

> 我若還招得個風流女婿，怎肯教費工夫學畫遠山眉，寧可教銀釭高照，錦帳低垂；菡萏花深鴛並宿，梧桐枝隱鳳雙棲。這千金良夜，一刻春宵，誰管我衾單枕獨數更長，則這半床錦褥枉呼做鴛鴦被。（夾白略）流落的男游別郡，耽閣的女怨深閨。

㊲ 王衛民編吳梅戲曲論文集第三九二頁，北京，中國戲劇出版社，西元一九八三年。

㊳ 青木正兒元人雜劇概說第八六頁，北京，中國戲劇出版社，西元一九八五年。

（第一折〔混江龍〕）

及待千金與裴少俊墻頭馬上四目相覷時，更有超乎尋常的大膽描寫，自然，仍是千金的內心獨白：

休道是轉星眸上下窺，恨不的依香肥左右偎。便錦被翻紅浪，羅裙作地席。（夾白略）既待要暗偷期，咱先有意，愛別人可捨了自己。（同上〔後庭花〕）

明清曲論家對於此等大膽的描寫，往往有微詞，以為其不夠含蓄，且以貴雅忌俗的詩論觀念衡之，謂此等語「極情極態」，「如許淺露」，「閨女子公然作此等語，更屬無狀」㊴。殊不知白樸這裏乃有意為之，突出的正是李千金率真任情、潑辣倔強的性格，以與後面她同裴尚書直面相爭，發出斬釘截鐵、擲地有聲的犀利之語相呼應。此正是白樸的匠心所在，就中透露出他朦朧的個性解放意識，也使我們依稀感受到在草原文化清新空氣吹拂下，元

㊴ 梁廷柟藤花亭曲話卷二，見中國古典戲曲論著集成（八）第二五八頁，北京，中國戲劇出版社，西元一九六〇年。

代士人對理學思想及其流弊的抗衡。李千金雖是閨秀，但其思想性格卻是被劇作家平民化了。這如同梧桐雨中的唐玄宗，雖屬「駕頭雜劇」，劇作家也將他平民化了。第一折中七夕定情的細致描寫，特別是李、楊關於牛郎織女的對話，梧桐樹影下的海誓山盟，以及第三折結末玄宗抱怨「不得已的官家」等處，隱約透出平民夫妻的意味。劇中的唐玄宗形象，亦與長生殿中的頗為不同，未曾寫他用情不專，如後者中的絮閣那樣，而是突出了他「一心只想著貴妃」，絕不旁騖。「夜同寢，晝同行，恰是鸞鳳和鳴」。如此寫來，直可視作是對男子中心主義以及片面貞潔的一種矯枉。總之，梧桐雨雜劇的人物形象塑造，與其情節結構渾融無間，正如王文才先生指出的那樣，「故事情節的安排結構，人物內心的必然變化，戲劇衝突的起伏發展，三者恰相融合」㊵。

然而，梧桐雨雜劇藝術上最突出的特點在於曲詞的纏綿悱惻，流麗工穩。如第一折的兩支曲子：

瑤階月色晃疏櫺，銀燭秋光冷畫屏。消遣此時此夜景，和月步閒庭，苔浸的凌波羅襪冷。（〔憶王孫〕）

㊵ 同⑬。

露下天高夜氣清，風掠得羽衣輕，香惹丁東環佩聲。碧天澄淨，銀河光瑩，只疑是身在玉蓬瀛。（〈勝葫蘆〉）

似此等曲詞，清空靈透，迷離醉人，為情節發展和人物形象塑造營造出恰如其分的環境氛圍。又如第二折渲染御園中秋色的〔中呂・粉蝶兒〕曲：

天淡雲閒，列長空數行征雁，御園中夏景初殘。柳添黃，荷減翠，秋蓮脫瓣。坐近幽蘭，噴清香玉簪花綻。

此一曲被洪昇略作改動徑自取來，成了長生殿驚變一齣的首曲。至於第四折寫唐明皇自蜀還京後，凝望楊妃畫像，襯以秋夜苦雨滴打梧桐的環境，盡情抒發著內心的失落感與幻滅感，一氣二十三支曲子，汪洋恣肆，不可間阻，「超以象外，得其環中」。誠如太和正音譜所云「風骨磊魄，詞源滂沛，若大鵬之起北溟，奮翼凌乎九霄」。第四折一套曲，歷來為人們所擊節讚賞。涵虛子所言「白仁甫之詞，如鵬摶九霄」，「宜冠於首」，當主要是指此而言。此套純用賦法，敷陳鋪排，情境淒涼；百轉千回，頓挫委曲。且看下面四曲：

〔蠻姑兒〕懊惱，暗約。驚我來的又不是樓頭過雁、砌下寒蛩、檐前玉馬、架上金雞，是兀那窗兒外梧桐上雨瀟瀟。一聲聲灑殘葉，一點點滴寒梢；會把愁人定虐。

〔滾繡球〕這雨呵，又不是救旱苗，潤枯草，灑開花蕚；誰望道秋雨如膏。向青翠條，碧玉梢，碎聲兒畢剝，增百十倍歇和芭蕉。子管裏珠連玉散飄千顆，平白地瀽甕翻盆下一宵。惹的人心焦！

〔叨叨令〕一會價緊呵，似玉盤中萬顆珍珠落；一會價響呵，似玳筵前幾簇笙歌鬧；一會價清呵，似翠岩頭一派寒泉瀑；一會價猛呵，似綉旗下數面征鼙操。兀的不惱殺人也麼哥，兀的不惱殺人也麼哥！則被他諸般兒雨聲相聒噪。

〔倘秀才〕這雨一陣陣打梧桐葉凋，一點點滴人心碎了。枉著金井銀床緊圍遶，只好把潑枝葉、做柴燒，鋸倒。

以上四曲，極寫秋夜之雨的聲、形、貌、態，以襯托人物內心的孤寂與愁苦。秋雨如泣，滴滴若淚。〔蠻姑兒〕曲寫玄宗夢中見了楊妃，不料「好夢將成還驚覺，半襟情淚濕鮫綃」，他辨別著窗外的風雨交響，恍惚中半晌才弄清楚原來是「梧桐上雨瀟瀟」。白髮玄宗，好夢未成，撒然驚覺，自然神思未定，一系列雨聲的排比在這裏就顯得格外真切。這樣寫來，曲子就活了。「一聲聲灑殘葉，一點點滴寒梢」。雨滴簡直就是淚滴，灑在玄宗心頭，滴在玄宗愁腸。於是引出尾句：「會把愁人定虐。」淒瀝的雨聲，將本已黯然傷神的玄宗攪擾得失神落魄、坐臥不安。

第二曲〔滾綉球〕，強調的是這雨下得不合時宜，助愁添悲，惹人煩惱。雨打在樹葉上，淋在枝條上，嗶嗶剝剝，增人十倍焦躁。這仍是寫人物對雨聲的感覺，是不堪忍受，且又百般無奈。接下來的〔叨叨令〕曲，寫雨的勢態，一陣緊，一陣響，一陣猛，分別以巧妙的比喻狀其音聲：如珍珠落盤，筵宴樂奏；又如寒泉飛瀑，陣前戰鼓。這可以說是對雨聲的主觀化聯想，是雨聲與心聲的「通感」。

第四曲〔倘秀才〕寫無休無止的雨聲惹惱了主人公，顧不得清幽園林好景致，恨不得砍去所有的樹木，以絕那令人厭惡的聲響。

事實上雨是因人的情緒而變的，它有時可惡，有時又顯得特別可愛，這大約就是所謂的移情作用吧。有趣的是白樸似很懂得對比和移情的藝術作用，他在第四折中也寫到了人的心境好時，眼中的雨竟是那樣美。這便是當高力士來侍候玄宗時，望著窗外雨中的梧桐樹，白髮玄宗禁不住陷於回憶之中。正是在此樹下，七月七日與楊妃盟誓；也是在此樹下，楊妃曾舞翠盤中。睹物思人，昔日良宵，往時美景，彷彿又呈現在眼前。雨的確在玄宗眼中曾經是美好的，充滿了詩情畫意。且看：

〔三煞〕潤濛濛楊柳雨，淒淒院宇浸簾幕；細絲絲梅子雨，裝點江干滿樓閣。杏花雨紅濕闌干，梨花雨玉容寂寞；荷花雨翠蓋翩翩，豆花雨綠葉蕭條……

這裏呈現出一個很自然的跌宕，拋開了一味渲染愁苦的單調，或可稱之謂是一個「突轉」或「間離」。它只是瞬間的回憶，雨確曾為宮廷園林帶來過詩情畫意之美。然而，下面一句「都不似你驚魂破夢，助恨添愁，徹夜連宵」，一下子又將主人公拉回到現實中來，重陷愁腸百結的苦悶之中。

第四折的最後一曲〔黃鍾煞〕，含而無盡，餘意綿渺：

順西風低把紗窗哨，送寒氣頻將綉戶敲。莫不是天故將人愁悶攪？前度鈴聲響棧道，似花奴羯鼓調，如伯牙水仙操。洗黃花潤籬落，漬蒼苔倒牆角；渲湖山漱石竅，浸枯荷溢池沼；沾殘蝶粉漸消，灑流螢焰不著；綠窗前促織叫，聲相近雁影高；催鄰砧處處擣，助新涼分外早。斟量來這一宵，雨和人緊廝熬。伴銅壺點點敲，雨更多淚不少。雨濕寒梢，淚染龍袍；不肯相饒，共隔著一樹梧桐直滴到曉。

此一曲大處著眼，細處落筆，集中體現出白樸曲詞的特殊韻味。大處是西風寒氣，鈴聲棧道；細處在「洗黃花」以下。文心之美，盡在於此。看那雨洗黃菊，格外鮮艷；蒼苔潤雨，更加湛綠；湖山濛濛，奇石棱棱；枯荷浸沒，池水流溢。特別是「灑流螢」以下數句，懸想遙思，以揣以摩；的的微細，妙語翩翩。蝴蝶不見了蹤影，該是牠的翅膀被打濕了吧！螢火蟲也躲起來了，莫不是雨霧潮濕使牠無法點亮螢囊？蟋蟀在輕輕叫，大雁在高高飛……極目遙想，渾溶一片；淚水雨水，無法分別。此曲將此前數曲所營造的意境，推向了極致。

就白樸劇作總體而言，風格多樣，筆調各異。他擅寫悲劇，也長於喜劇。前者以梧桐雨名於世，後者則以墻頭馬上最具代表性。特別值得注意的是，白樸在梧桐雨中正面描寫了馬踐楊妃，在第三折中，陳玄禮直言奏請玄宗：

> 祿山反逆，皆因楊氏兄妹。若不正法，以謝天下，禍變何時得消？望陛下乞與楊氏，使六軍馬踏其尸，方得憑信。

萬不得已中，玄宗只得命「引妃子去佛堂中，令其自盡，然後教軍士驗看」。當楊妃用白練自縊身死之後，高力士宣陳玄禮率軍士驗看，陳玄禮遂率眾馬踐之。舞臺上出現這等恐怖殘忍的場面，在中國古典戲曲中是罕見的，在現存元劇中亦屬絕無而僅有。錄鬼簿於岳伯川名下著錄羅公遠夢斷楊貴妃一種，因全劇不存，其所描繪的馬踐楊妃場面和規模均不得其詳㊶。依照西方悲劇理論，恐怖與殘忍的場面，撕肝裂膽的情景，倒是悲劇所不排斥的。正如博克在論崇高與美兩種觀念的根源中所說的那樣：「恐懼只要太近地威脅我們，

㊶ 日人遠藤實夫在其長恨歌研究中載有天寶遺事諸宮調軼曲目，其中有出於雍熙樂府卷二的馬踐楊妃套和出於同書卷七的馬嵬坡踐楊妃套，據謝伯陽先生考證，前者確是來源於岳伯川雜劇，而後者則是一套據白居易長恨歌翻作的散曲套數，而非源於雜劇。參見淩景埏、謝伯陽校注諸宮調兩種第九〇－九一頁，濟南，齊魯書社，西元一九八八年。

就是一種產生快樂的激情，而憐憫由於是生自愛和社會情感，所以是一種伴隨著快樂的激情。」㊷梧桐雨雜劇中通過舞臺指示和玄宗與陳玄禮的對白明確寫了馬踐楊妃，而且，展現了軍士們踐踏的場面。接著曲詞也揭示了玄宗發自內心的悲慟與痛楚：「痛憐他，不能勾水銀灌玉匣，又沒甚彩孅宮娃，拽布拖麻，奠酒澆茶。只索淺土兒權時葬下，又不及選山陵將墓打。」這裏恐懼與憐憫幾乎同時出現，悲劇性得到了充分展現。大約正是從這樣的意義上，王靜安先生才推許此劇「沉雄悲壯，為元曲冠冕」。

六

梧桐雨雜劇，見於著錄的有：

①天一閣本錄鬼簿　正名「唐明皇秋夜梧桐雨」
　簡名梧桐雨
②說集本錄鬼簿　正名「唐明皇秋夜梧桐雨」
③孟稱舜本錄鬼簿　正名「唐明皇秋夜梧桐雨」

㊷ 轉引自朱光潛悲劇心理學第五二頁，北京，人民文學出版社，西元一九八三年。

④曹楝亭本錄鬼簿　正名「唐明皇秋夜梧桐雨」
⑤太和正音譜　簡名梧桐雨
⑥元曲選目　簡名梧桐雨
⑦曲海目　簡名梧桐雨
⑧曲海總目提要　簡名梧桐雨
⑨今樂考証　正名「唐明皇秋夜梧桐雨」
⑩曲錄　正名「唐明皇秋夜梧桐雨」

今存版本有：

①脈望館古名家雜劇本
題目「高力士離合鸞鳳侶
安祿山反叛兵戈舉」
正名「楊貴妃曉日荔枝香
唐明皇秋夜梧桐雨」

②顧曲齋古雜劇本
題目正名同上古名家雜劇本
③陳氏繼志齋刊元明雜劇本
題目正名同上古名家雜劇本
④孟稱舜古今名劇合選酹江集本
題目正名同上古名家雜劇本
⑤臧晉叔元曲選本
題目正名同上古名家雜劇本

此外，盛世新聲、詞林摘艷、雍熙樂府、太和正音譜、北詞廣正譜等，也有梧桐雨零星曲詞的節選。

本書校點，主要依據王季思先生全元戲曲本，但也參考了各家版本，審慎斟酌，擇善而從。為了避免繁瑣，不一一出校記。諸本明顯有歧疑之處，於比勘擇定後，在注釋中加以說明。依於元曲選者，則不加注出。對一些異體字，如「彩」作「綵」、「綉」作「繡」等，一般採取徑改的辦法處理。

注釋部分，本書力求在參考已有注本的基礎上能注出一些新意，既顧及到語詞出處原委，又盡可據上下文說明其用意之隱曲，總體上力避繁瑣羅列，旁徵博引，簡明扼要，務求貫通，以利讀者閱讀。儘管如此，疏漏與舛誤怕是在所難免，敬請海內外讀者方家批評郢政。

西元二〇一三年五月初稿，

二〇一五年三月改定於

南京師範大學泰州學院

白樸小像

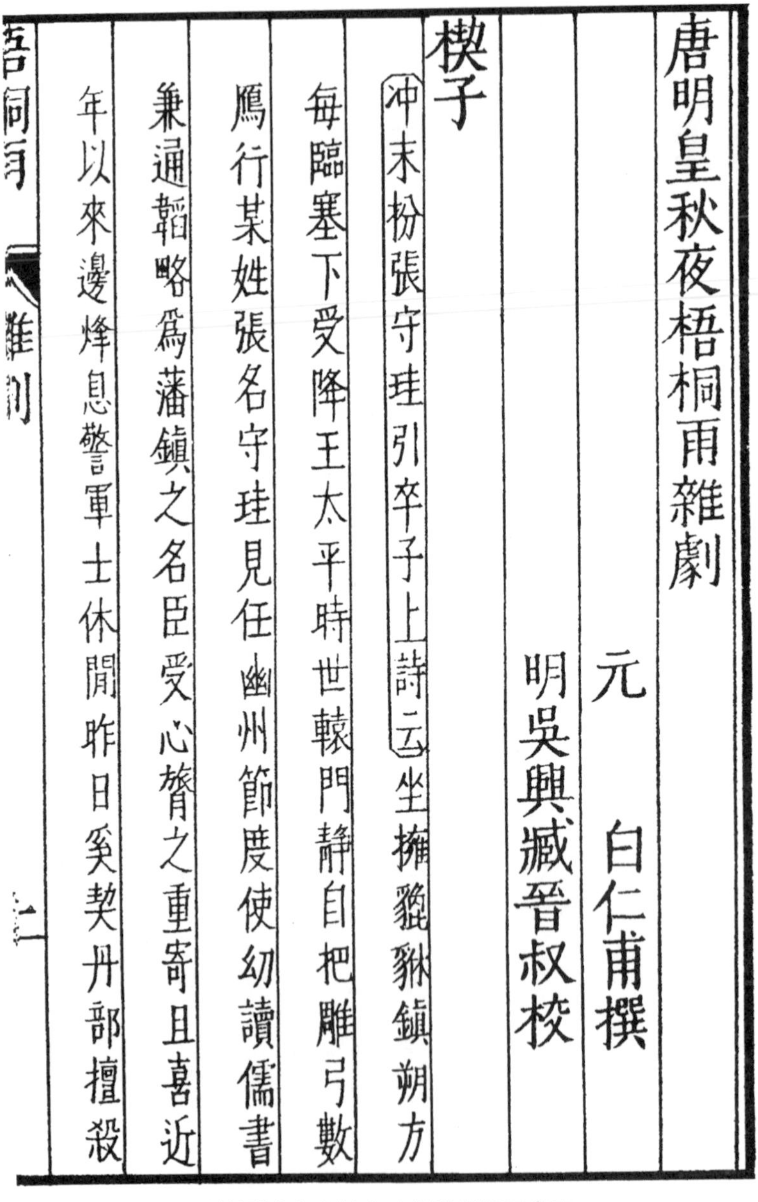

唐明皇秋夜梧桐雨雜劇

元　白仁甫撰

明吳興臧晉叔校

楔子

冲末扮張守珪引卒子上詩云坐擁貔貅鎮朔方每臨塞下受降王太平時世轅門靜自把雕弓數鴈行某姓張名守珪見任幽州節度使幼讀儒書兼通韜略爲藩鎮之名臣受心膂之重寄且喜近年以來邊烽息警軍士休閒昨日奚契丹部擅殺

梧桐雨　雜劇　二

明萬曆博古堂刻本元曲選梧桐雨書影

明萬曆博古堂刻本元曲選梧桐雨插圖

折目

楔子❶

（沖末扮張守珪❷引卒子上，詩云）坐擁貔貅鎮朔方❸，每臨塞下受降王❹。太平時世

❶ 楔子：元雜劇術語，一般置於開篇，相當於引子或序幕；亦可放在折與折之間，相當於過場戲，起結構上的連結作用。楔，音ㄒㄧㄝˋ。本為木工用語，指一端平厚、一端扁銳的木或竹片，用以插入榫縫或空隙中，起加固及堵塞作用。元劇中的楔子，通常不用套曲，只唱一二支小曲，曲牌多用〔正宮・端正好〕或〔仙呂・賞花時〕。

❷ 沖末扮張守珪：沖末，元雜劇首先上場的角色謂之沖場。「沖場者，人未上而我先上也」。此以末色沖場，故稱。末，元劇中扮演正面男子的角色行當，有正末、副末、外末等。張守珪，陝州河北（今山西平陸東北）人，唐開元間曾任幽州長史兼御史中丞、營州都督、河北節度副大使。後拜輔國大將軍、右羽林大將軍兼御史大夫。新唐書、舊唐書均有傳。

❸ 坐擁貔貅鎮朔方：貔貅，音ㄆㄧˊ ㄒㄧㄡ。本為傳說中的猛獸名。禮記曲禮上：「前有摯獸，則載貔貅。」古時行軍，前面遭遇猛獸，就向後面舉起飾有貔貅的旗號，以為警示之。後遂以貔貅借指軍旅。朔方，泛指北方少數民族地區。尚書堯典：「申命和叔，宅朔方，曰幽都。」而史記五帝本紀則作「申命和叔居北方」。漢元朔二年後又以今內蒙古自治區黃河以南地區為朔方郡。

轅門靜，自把雕弓數雁行。某姓張，名守珪，現任幽州節度使。幼讀儒書，兼通韜略，為藩鎮之名臣，受心膂之重寄❺。且喜近年以來，邊烽息警，軍士休閒。昨日奚契丹部擅殺公主❻，某差捉生使❼安祿山率兵征討，不見來回話。左右，轅門前覷者，等來時報復我知道。（卒云）理會的。（淨❽扮安祿山上，云）軀幹魁梧膽力雄，六蕃文字頗皆通。男兒若

❹ 每臨塞下受降王：漢武帝時曾築城安置俘虜，唐朔方大總管張仁亶亦曾築三城納降俘。唐李昉永昌陵挽歌詞中有「御樓三度納降王」句。此借指臨邊塞招降番兵。

❺ 受心膂之重寄：猶言受朝廷之重託。心膂，猶言「股肱」。膂，音ㄌㄩˇ。脊椎骨。心、膂都是人體的關鍵部位，故以喻朝廷信用的關鍵人物，即得力重臣。

❻ 奚契丹部擅殺公主：奚與契丹都屬東胡部族，經常發生衝突。貞觀二年（西元六二八年）脫離東突厥降唐。天寶四載（西元七四五年）范陽節度使安祿山劫掠奚契丹部，契丹首領李懷節殺靜樂公主，奚王李延寵殺宜芳公主，叛唐，又為安祿山所敗。此劇將這件事與開元二十四年（西元七三六年）安祿山征討契丹失敗事結合起來，為使題材情節集中。見王文才白樸戲曲集校注。

❼ 捉生使：張守珪初鎮幽州時，安祿山和史思明都在他軍幕中任捉生將。捉生，即長慶會盟碑中所言「捉生問事」。漢書西域傳中亦有「捕得生口，知狀以聞」語。唐代守邊軍士，大的稱為「軍」，小的則稱「守捉」。詳舊唐書地理志和新唐書兵志。使，唐代朝廷派到地方任某種軍政或其他常設的官員稱「使」。如節度使、觀察使等。

❽ 淨：元雜劇角色行當名稱。一般認為淨由唐參軍戲中的參軍演變而來。王國維古劇角色考：「淨

遂平生志，柱地撐天建大功⑨。自家安祿山是也。積祖以來，為營州雜胡，本姓康氏。母阿史德，為突厥覡者，禱于軋犖山戰鬥之神而生某⑩。生時有光照穹廬，野獸皆鳴，遂名為軋犖山。後母改嫁安延偃，乃隨安姓，改名安祿山。開元年間，延偃攜某歸國，遂蒙聖

即參軍之促音，「參」與「淨」為雙聲，「軍」與「淨」似疊韻。參軍之為淨，猶勃提之為披，郣屢之為鄒也。」或以為淨乃由宋金雜劇院本中的副淨演變而來，然元劇中的淨角已很少插科打諢，淨、丑分工明確，形成了大面（淨）、二面（副或付）、三面（丑）三種行當。淨於明清以後與丑更是絕然不同的角色。

⑨ 軀幹魁梧膽力雄四句：此為淨扮安祿山的上場詩，脈望館本、顧曲齋本、酹江集本、繼志齋本均有，唯底本無。本劇張守珪、張九齡上場均有上場詩，此處據別本補入。六蕃文字，舊唐書安祿山本傳上說他通曉六蕃語，而安祿山事迹又說他解九蕃語，六、九均為概數，言其多也，實為泛指營州所屬突厥、契丹、奚、靺鞨等東胡諸部族。此或指貞觀四年（西元六三〇年）安置於受降城左右的「河曲六州胡」。

⑩ 積祖以來六句：這一段述安祿山身世皆以史傳為據，每引新唐書逆臣傳上安祿山原文。王文才白樸戲曲集校注云：案周書突厥傳：「『所生子皆以母姓為姓』，故祿山以母姓阿史德自敘所出。又以父屬康居，母係突厥，故稱『雜胡』。貞觀四年平東突厥，於營州置雲中、定襄二都督府，阿史德部等，屬定襄六州，是為營州六胡。」覡者，本指為人禱祝鬼神的男巫，後亦泛指巫師。覡，音ㄒㄧˊ。軋犖山，突厥語稱戰鬥之神為軋犖山。

恩，分隸張守珪部下。為某通曉六蕃言語，膂力過人，現任捉生討擊使。昨因奚契丹反叛，差我征討。自恃勇力深入，不料眾寡不敵，遂致喪師。今日不免回見主帥，別作道理。早來到府門首也。左右，報復去，道有捉生使安祿山來見。（卒報科）（張守珪云）著他進來。（安祿山做見科）（張守珪云）安祿山，征討勝敗如何？（安祿山云）賊眾我寡，軍士畏怯，遂至敗北。（張守珪云）損軍失機，明例不宥。左右，推出去，斬首報來。（卒推出科）（安祿山大叫云）主帥不欲滅奚契丹耶？奈何殺壯士！（張守珪云）放他回來。（安祿山回科）（張守珪云）某也惜你驍勇，但國有定法，某不敢賣法市恩。送你上京，取聖斷⓫，如何？（安祿山云）謝主帥不殺之恩。（押下）（張守珪云）安祿山去了也。（詩云）須知生殺有旗牌⓬，只為軍中惜將才。不然斬一胡兒首，何用親煩聖斷來。（下）（正末⓭扮唐玄宗駕，旦

⓫ 聖斷：帝王的決斷，或稱「聖裁」。宋張端義貴耳集卷下：「大臣去就，出自聖斷。」

⓬ 須知生殺有旗牌：旗牌，或作「旂牌」。指朝廷頒給欽差大臣或封疆大吏作為准其便宜行事的憑據，或旗或牌，上有皇帝令狀，生殺予奪，可先斬後奏。清秦朝釪消寒詩話：「國家設旗牌，原使封疆得便宜行事，則既服吾以旗牌斬之而後奏；有不合，吾任之。」此句以下四句為張守珪的下場詩，脈望館本、顧曲齋本、酹江集本、繼志齋本均無，此從底本。

⓭ 正末：元雜劇角色行當名。指主唱的男主人公。末，一般認為當從宋金雜劇院本中的「末泥色」演變而來。元劇中除正末之外，還有扮演次要角色的外末、沖末以及扮演青少年男子的小末等。

扮楊貴妃，引高力士、楊國忠、宮娥上⓮）（正末云）高祖乘時起晉陽，太宗神武定封疆。守成繼統當兢業，萬里河山拱大唐⓯。寡人唐玄宗是也。自高祖神堯皇帝，起兵晉陽，全仗

南戲和明清傳奇中的男主角則由「生」扮演，末轉為扮演社會地位低下而年齡較大的男性人物。地方戲興起後，多數劇種已將「末」歸入老生。

⓮ 旦扮楊貴妃二句：旦，傳統戲曲角色行當名。元雜劇中的旦，是女角色的通稱，正旦纔是扮演女主人公並主唱者。本劇是由正末扮唐明皇主唱的末本戲，故扮演楊貴妃者用統稱之「旦」。高力士，唐玄宗寵信的貼身宦官，本姓馮。性黠惠謹密，初為武則天所寵。開元初，加右監門衛將軍，知內侍省事。天寶初，授冠軍大將軍、右監門衛大將軍，封渤海郡公。代宗朝以其為耆宿，卒贈揚州大都督，陪葬泰陵。舊唐書、新唐書皆有傳。楊國忠，幸臣張易之的外甥，又是楊太真（貴妃）從祖兄，本名釗。天寶初，太真有寵，他由賓佐擢授監察御史。後又加授御史大夫，權京兆尹，賜名國忠。李林甫死，國忠補為右相兼吏部尚書。安史亂起，領劍南節制，隨駕幸蜀，於馬嵬兵變中為諸軍所殺。事詳舊唐書、新唐書本傳。

⓯ 高祖乘時起晉陽四句：這是正末扮唐明皇所念上場詩。底本無，此據他本補。隋煬帝大業十三年（西元六一七年），太原留守李淵由晉陽起兵反隋，攻入長安後，立煬帝孫代王楊侑為恭帝，改元義寧，並自為大丞相。明年，宇文化及弒煬帝於江都，李淵遂廢除恭帝楊侑，自登帝位，建立了唐朝。李淵死後的廟號為高皇神堯大聖大光孝皇帝。太宗神武定封疆，隋末農民起義軍和地方武裝割據勢力很多，不下百數十部。唐朝既立，如夏王竇建德、鄭王王世充、楚王杜伏威、魏公

我太宗皇帝滅了六十四處煙塵，一十八家擅改年號⑯，立起大唐天下。傳高宗、中宗，不幸有宮闈之變，寡人以臨淄郡王領兵靖難，大哥哥寧王讓位於寡人⑰。即位以來，二十餘年，喜的太平無事。賴有賢相姚元之、宋璟、韓休、張九齡⑱，同心致治，寡人得遂安逸。

李密等數十股割據勢力，多為唐太宗李世民所征服吞併，故有此語。

⑯ 全仗我太宗皇帝二句：滅了六十四處煙塵，這是宋元講唱的習用語，以此誇耀唐王朝開國時的烜赫武功。六十四並非實指，只是概數，言其多罷了。一十八家亦同。擅改年號，指各割據勢力稱王改元。

⑰ 不幸有宮闈之變三句：宮闈之變，指武氏與韋氏先後策劃的宮廷政變。唐高宗死後，皇太子李顯嗣位，是為中宗，但為太后武則天所廢，另立睿宗（李旦），武氏垂簾聽政，後又自立為帝，改國號為周，年號垂拱。神龍元年（西元七〇五年），張柬之等舉兵迫武則天禪位，擁中宗復位。景龍四年（西元七一〇年），皇后韋氏進鴆毒死中宗，立溫王李重茂為帝，韋氏臨朝稱制。臨淄郡王李隆基（即後來的玄宗）起兵滅韋族及武氏餘黨，擁立其父相王睿宗復位。大哥哥寧王讓位於寡人，李隆基是睿宗的第三子，嫡長子是李憲，在立誰為太子過程中，睿宗曾猶豫不決。因李隆基靖難有功，加之李憲固辭，後決定立李隆基為太子。玄宗繼位後封李憲為寧王，仍「呼寧王為大哥」。開元二十九年（西元七四一年）李憲卒，追謚為讓皇帝。事詳舊唐書則天皇后本紀、中宗本紀、睿宗本紀。這幾句念白底本與其他四本略有不同，四本俱作：「不幸有武、韋之變，寡人以臨淄郡王領兵靖難，大掃宮廷，重清海宇。大哥哥寧王鑒前人之失，讓位於寡人。」

六宮⑲嬪御雖多，自武惠妃⑳死後，無當意者。去年八月中秋，夢遊月宮㉑，見嫦娥之貌，

⑱姚元之宋璟韓休張九齡：均為開元間的名相。其中姚、宋可謂三朝元老，姚善應變，宋善守文，凡軍國庶務，多由二人決斷。韓休性情方正，九齡敢於直諫。四人舊唐書、新唐書皆有傳。姚元之，即姚崇，本名元崇，因突厥有叱利元崇者，「(武)則天不欲元崇與之同名，乃改為元之」。卒，贈太子太保，謚文獻。宋璟，與姚崇武后朝即是同僚，玄宗朝官至尚書右丞相，卒贈太尉，謚文貞。韓休，官至太子少師，封宜陽子，卒贈揚州大都督，謚文忠。張九齡，唐代著名詩人。開元二十一年(西元七三三年)任中書侍郎同中書門下平章事，次年遷中書令，參與朝廷重大決策。後為李林甫所排擠，罷相。卒贈荊州大都督，謚文獻。

⑲六宮：皇宮中后妃所居之處所。禮記昏義：「古者，天子后立六宮，三夫人、九嬪、二十七世婦、八十一御妻，……」鄭玄注：「天子六寢，而六宮在後，六官在前，所以承副施外內之政也。」唐白居易長恨歌：「回眸一笑百媚生，六宮粉黛無顏色。」

⑳武惠妃：即唐玄宗妃子武氏，本為武則天從父兄子恒安王武攸止女，惠妃是玄宗特賜封號。開元二十五年(西元七三七年)薨，謚貞順皇后。

㉑夢遊月宮：唐人筆記中多有玄宗夢遊月宮聞仙樂，製為霓裳羽衣曲的記載，雖荒誕無稽，卻為詩人和戲曲小說家們所津津樂道。唐鄭嵎津陽門詩：「宸聰聽覽未終曲，卻到人間迷是非。」自注云：「葉法善引上(按指唐玄宗)入月宮，時秋已深，上苦淒冷，不能久留，歸，於天半尚聞仙樂。」

人間少有。昨壽邸楊妃㉒，絕類嫦娥，已命為女道士；既而取入宮中，策為貴妃，居太真院。寡人自從太真入宮，朝歌暮宴，無有虛日㉓。高力士，你快傳旨排宴，梨園子弟㉔奏樂，寡人消遣咱㉕。（高力士云）理會的。（外扮張九齡押安祿山上）（詩云）調和鼎鼐理陰陽㉖，位列鵷班坐省堂㉗。四海承平無一事，朝朝曳履㉘侍君王。老夫張九齡是也。南海

㉒ 壽邸楊妃：壽邸，即壽王李瑁府邸。楊妃，即楊太真，小字玉環。本為蜀州司戶楊玄琰之女，開元二十二年（西元七三四年）選為壽王李瑁妃。李瑁乃武惠妃所生，為玄宗第十八子。開元二十八年（西元七四〇年），玄宗先命楊妃為女道士，旋即奪子媳為己婦，於天寶四載（西元七四五年）冊立為貴妃。

㉓ 朝歌暮宴二句：宋元說唱習用語。如大宋宣和遺事亨集作「朝歡暮樂，無日虛度」。

㉔ 梨園子弟：指宮廷樂舞鼓吹人員。唐玄宗通音律，酷愛法曲歌舞，親選坐部伎子弟三百人教授於梨園，號為「皇帝梨園弟子」。此外，尚有數百宮女，居宜春北院，亦稱梨園弟子。因「置院近於禁苑之梨園」，故稱。詳見新唐書禮樂志及唐會要卷三十四、冊府元龜五六九等。後世則又以梨園子弟泛指戲曲演員。

㉕ 咱：語氣助詞，無義。元馬致遠漢宮秋雜劇第一折：「當此夜深孤悶之時，我試理一曲消遣咱。」用法與此無異。

㉖ 調和鼎鼐理陰陽：調和鼎鼐，本指調和飲食五味，喻指宰相治理國家，協調軍政庶務。史記殷本紀中說，湯相伊尹曾「負鼎俎，以滋味說湯，致於王道」。理陰陽，亦指宰相治理天下。封建時

人氏，早登甲第，荷聖恩直做到丞相之職。近日邊帥張守珪，解送失機蕃將一人，名安祿山。我見其身軀肥矮，語言利便，有許多異相。若留此人，必亂天下。我今見聖人，面奏此事。早來到宮門前也。（入見科）（云）臣張九齡見駕。（正末云）卿來有何事？（張九齡云）近日邊臣張守珪解送失機蕃將安祿山。例該斬首，未敢擅便，押來請旨。（正末云）你引那蕃將來我看。（張九齡引安祿山見科，云）這就是失機蕃將安祿山。（正末云）一員好將官也。你武藝如何？（安祿山云）臣左右開弓，一十八般武藝，無有不會；能通六蕃言語。（正末云）你這等肥胖，此胡腹中何所有㉙？（安祿山云）惟有赤心耳！（正末云）丞相，

代的統治者誇大並炫耀自己的權力，稱宰相不僅能治國安邦，也能上應天命，燮理陰陽。唐元稹連昌宮詞：「燮理陰陽禾黍豐，調和中外無兵戎。」

㉗ 位列鵷班坐省堂：鵷班，亦作「鵷行」。喻文武百官朝列的次序。又作「鵷班鷺行」，所謂「丞郎雁行，威儀有序」。唐杜甫至日遣興奉寄北省舊閣老兩院故人二首其一：「去歲茲晨捧御牀，五更三點入鵷行。」仇兆鰲注引說文：「鴛鷺立有行列，故以喻朝班。」省堂，指中書省大堂。

㉘ 曳履：拖著鞋子，形容閒暇與輕鬆。漢尚書僕射鄭崇，每曳革履上朝，哀帝笑云：「我識鄭尚書履聲。」見漢書鄭崇本傳。唐劉禹錫和令狐相公初歸京國賦詩言懷：「殿庭捧日飄纓入，閣道看山曳履迴。」

㉙ 你這等肥胖二句：語出開天傳信記。

不可殺此人，留他做個白衣將領。（張九齡云）陛下，此人有異相，留他必有後患。（正末云）卿勿以王夷甫識石勒㉚，留著怕做甚麼！兀那左右，放了他者。（做放科）（安祿山起謝，云）謝主公不殺之恩。（做跳舞科）（正末云）這是甚麼？（安祿山云）這是胡旋舞㉛。（旦云）陛下，這人又矬矮㉜，又會舞旋，留著解悶倒好。（正末云）貴妃，就與你做義子，

㉚ 不可殺此人六句：張九齡請誅安祿山，玄宗不准奏之對話，皆據史傳，散見於唐會要卷五十一、新唐書張九齡傳、資治通鑑卷二百一十四唐紀三十玄宗開元二十四年等，亦可參閱唐姚汝能撰安祿山事迹卷上。卿勿以王夷甫識石勒，襲用舊唐書張九齡傳以及通鑑原話。王夷甫，即王衍，晉書卷四十三有傳。晉書載記第四石勒上：「（石勒）年十四，隨邑人行販洛陽，倚嘯上東門，王衍見而異之，顧謂左右曰：『向者胡雛，吾觀其聲視有奇志，恐將為天下之患。』馳遣收之，會勒已去。」

㉛ 胡旋舞：為唐玄宗朝由西域康居國傳入中土的一種舞蹈。舊唐書安祿山傳：「（安祿山）至玄宗前，作胡旋舞，疾如風焉。」唐白居易胡旋女：「胡旋女，胡旋女，心應弦，手應鼓。弦鼓一聲雙袖舉，迴雪飄颻轉蓬舞。左旋右轉不知疲，千匝萬周無已時。」自注：「天寶末，康居國獻之。」明胡震亨唐音癸籤卷十四舞曲條胡旋下注云：「本出康居，舞者立毬上旋轉如風。」元無名氏存孝打虎雜劇第一折：「宴罷歸來胡旋舞，丹青寫入畫圖看。」

㉜ 矬矮：音ㄘㄨㄛˊ ㄞˇ。亦作「矮矬」。北方土語，以身材短小為矬。明焦竑焦氏筆乘諺有自來：「形容短矮者，俗謂之遳。」遳，同「矬」。水滸傳第三回中有「張三蠢胖，李四矮矬」之語。

你領去。（旦云）多謝聖恩。（同安祿山下）（張九齡云）國舅，此人有異相，他日必亂唐室，衣冠受禍不小。老夫老矣，國舅恐或見之，奈何？（楊國忠云）待下官明日再奏，務要屏除為妙㉝。（正末云）不知後宮中為什麼這般喧笑？左右，可去看來回話。（宮娥云）是貴妃娘娘與安祿山做洗兒會㉞哩。（正末云）既做洗兒會，取金錢百文賜他做賀禮，就與我宣祿山來，封他官職。（宮娥拿金錢下）（安祿山上，見駕科，云）謝陛下賞賜。宣臣那廂使用？（正末云）宣卿來不為別，卿既為貴妃之子，即是朕之子。白衣不好出入宮掖，就加你為

㉝ 務要屏除為妙：此句以下脈望館本、繼志齋本、顧曲齋本多出一段：「（外）既如此，咱且回私宅去。（同下）（正末扮駕引高力士、楊國忠一行人上）（正）寡人今日早朝，只聽得後宮喧笑。」如此，則安祿山與楊貴妃喧笑，顯然是另一天的事。底本和酹江集本同，在唐玄宗「賜兒」後，楊即「同安祿山下」，後宮喧笑就發生在當時。

㉞ 洗兒會：舊俗於小兒生下第三天，父母要為嬰兒洗浴，親朋俱來慶賀，贈與錢物，叫做「洗兒會」，或稱「洗三」。南方或在嬰兒滿月時舉行。宋陸游老學庵筆記卷二引北戶錄：「嶺南俗，家富者產婦，三日或足月洗兒。」詳可參閱宋孟元老東京夢華錄卷五民俗育子和宋吳自牧夢粱錄卷二十育子。按，據資治通鑑卷二百一十四和安祿山事迹卷上，天寶十載正月一日，是祿山生日，「後三日，召祿山入內，（楊）貴妃以繡綳子綳祿山，使內人以彩輿舁之，歡天動地。玄宗使人問之，報云：『貴妃與祿山作三日洗兒，洗了又綳祿山，是以歡笑。』」

平章政事㉟者。（安祿山云）謝了聖恩。（楊國忠云）陛下，不可，不可！安祿山乃失律邊將，例當處斬，陛下免其死足矣。今給事宮庭，已為非宜；有何功勳，加為平章政事？況胡人狼子野心，不可留居左右。望陛下聖鑒。（張九齡云）楊國忠之言，陛下不可不聽。（正末云）你可也說的是。安祿山，且加你為漁陽節度使㊱，統領蕃漢兵馬，鎮守邊庭，早立軍功，不次升擢㊲。（安祿山云）感謝聖恩。（正末云）卿休要怨寡人，這是國家典制，非輕可也呵！（唱）

【仙呂．端正好】則為你不曾建甚奇功，便教你做元輔，滿朝中都指斥鑾輿㊳。

㉟ 平章政事：官名。唐代以尚書、中書、門下三省長官為宰相，因官高權重，不常設置，便選任其他官員加以同中書門下平章事之名，簡稱作「同平章事」。因其參預國家重要政務，故又稱「平章政事」。唐睿宗朝又有「平章軍國政事」之稱。宋因之，多由德高望重的老臣擔任，位在宰相之上。按，唐玄宗欲加安祿山同平章事在天寶十三載（西元七五四年），因楊國忠諫阻而未果。

㊱ 漁陽節度使：天寶元年（西元七四二年）安祿山為平盧節度使，治營州，即今北京市東部承德南部地區。天寶三載兼范陽節度使。范陽即漁陽，治幽州，即今北京市大興東部。按，本劇將欲加祿山平章政事與加漁陽節度使的時間顛倒，移後事於出鎮節度之前，當是有意為之，以示玄宗意氣用事。平章政事權重位高，非節度所能比擬。

㊲ 不次升擢：猶言「破例提拔」，即不依常規次序晉陞官職。

眼見的平章政事難停住，寡人待定奪些別官祿。

【幺篇】且著你做節度、漁陽去，破強寇永鎮幽都㊴。休得待國家危急纔防護；常先事設權謀，收猛將保皇圖。分鐵券，賜丹書㊵，怎肯便辜負了你這功勞簿㊶。（同下）

㊳ 便教你做元輔二句：元輔，宰相、宰輔。元，首也。宰相居諸臣之首，輔佐天子治理國家，故稱。指斥鑾輿，指責、批評皇帝的是非。鑾輿，或作「乘輿」。本指皇帝的車駕，這裏代指皇帝，即玄宗本人。唐律職制：「指斥乘輿，情理切害者斬，非切害者徒二年。」

㊴ 幽都：據新唐書方鎮表，開元初設幽州節度使，天寶初改為范陽節度使，仍治幽州。唐幽都縣故城在今北京市宛平西南。這裏是泛指幽州。

㊵ 分鐵券二句：鐵券丹書，或作「丹書鐵券」、「丹書鐵契」。古代帝王賜與功臣享有世襲爵位和免罪等特權的契約。因其以鐵為契，以丹書於其上，故名。漢書高帝紀下：「又與功臣剖符作誓，丹書鐵契，金匱石室，藏之宗廟。」一般都以為以丹書鐵券（契）頒賜功臣始於漢高祖。宋王安石讀漢功臣表詩：「漢家分土建忠良，鐵券丹書信誓長。」水滸傳第五十一回：「丹書鐵券護家門，萬里招賢名振。」唐玄宗賜安祿山鐵券在天寶七載（西元七四八年）。鐵券之規模樣式可參閱元陶宗儀南村輟耕錄卷十九錢武肅鐵券和清凌揚藻蠡勺編鐵券。

㊶ 怎肯便句：此〔幺篇〕曲曲文脈望館本、顧曲齋本、繼志齋本與底本多有不同，錄如下：「執軍權做節度，破強寇永鎮幽都。國家直到危如纍卵纔防護，成大事掌權謀。收猛將保皇圖，開舉選

（安祿山云）聖人回宮去了也。我出的宮門來。叵耐❹❷楊國忠這廝，好生無禮，在聖人前奏准，著我做漁陽節度使，明升暗貶。別的都罷，只是我與貴妃有些私事❹❸，一旦遠離，怎生放的下心。罷罷罷！我這一去，到的漁陽，練兵秣馬，別作个道理。正是：畫虎不成君莫笑，安排牙爪好驚人❹❹。（下）

取名儒，寡人怎肯教閉塞了賢門戶。」酹江集本從底本，並注云：「〔幺篇〕吳興本改數句，覺勝原本，從之。」

❹❷ 叵耐：亦作「頗耐」、「叵奈」、「可耐」等。本為不可忍耐意，小說戲曲中則用作詈詞，猶「可惡」、「可惱」、「可恨」之意。

❹❸ 私事：猶「私情」。此指楊妃與安祿山的曖昧關係。

❹❹ 畫虎不成君莫笑二句：當時習用諺語，亦見於王實甫西廂記雜劇第五本第二折張生念白以及話本鈍秀才入話。

第一折

（旦扮貴妃引宮娥上，云）妾身楊氏，弘農❶人也。父親楊玄琰，為蜀州司戶❷。開元二十二年，蒙恩選為壽王妃。開元二十八年八月十五日，乃主上聖節❸，妾身朝賀，聖上見妾貌類嫦娥，令高力士傳旨，度為女道士，住內太真宮，賜號太真。天寶四年，冊封為貴妃，半后服用❹，寵幸殊甚。將我哥哥楊國忠加為丞相❺，姊妹三人封做夫人❻，一門

❶ 弘農：本為漢代郡名。唐置弘農縣，一度改為恒農，後仍為弘農，治所在今河南靈寶北。按，一說楊貴妃實為唐蒲州永樂（今山西永濟）人。

❷ 蜀州司戶：蜀州，唐置郡（縣）名。曾改稱唐安郡，後復稱蜀州，治所在今四川崇慶境。司戶，唐代官名。案，唐制：在府曰戶曹參軍，在州曰司戶參軍，在縣曰司戶。均為掌管民戶、簿籍以及祠祀、農桑等事務的地方官。

❸ 主上聖節：指唐玄宗生日。據宋王溥唐會要載，唐玄宗生於八月初五。

❹ 半后服用：指享受皇后輿服、儀仗、侍從等一半的待遇。楊貴妃位在皇后之下，用享減半於皇后。語出唐陳鴻長恨歌傳。

榮顯極矣。近日邊庭送一蕃將來，名安祿山。此人猾黠❼，能奉承人意，又能胡旋舞。聖人賜與妾為義子，出入宮掖。不期❽我哥哥楊國忠看出破綻，奏准天子，封他為漁陽節度使，送上邊庭。妾心中懷想，不能再見，好是煩惱人也。今日是七月七夕，牛女相會，人間乞巧令節❾。已曾吩咐宮娥，排設乞巧筵在長生殿❿，妾身乞巧一番。宮娥，乞巧筵設

❺楊國忠加為丞相：天寶十一載（西元七五二年），李林甫卒，楊國忠遂代為右相，兼吏部尚書。見舊唐書列傳第五十六楊國忠傳。

❻姊妹句：天寶七載（西元七四八年），唐玄宗詔封楊貴妃姊妹三人。舊唐書后妃傳上玄宗楊貴妃：貴妃「有姊三人，皆有才貌，玄宗并封國夫人之號：長曰大姨，封韓國；三姨，封虢國；八姨，封秦國。并承恩澤，出入宮掖，勢傾天下」。

❼猾黠：音ㄏㄨㄚˊ ㄒㄧㄚˊ。狡猾、機敏。黠，敏慧。清蒲松齡聊齋志異促織：「里胥猾黠，假此科斂丁口，每責一頭，輒傾數家之產。」

❽不期：此二字以下其他四本均有「此人乘我醉後私通，醒來不敢明言，日久情密」數句，此從底本。

❾今日是七月七夕三句：古代風俗，以農曆七月七日為「乞巧節」，婦女們於是日夜向織女乞求智巧。南朝梁宗懍荊楚歲時記：「七月七日為牽牛織女聚會之夜，是夕，人家婦女結彩縷，穿七孔鍼，或以金銀鍮石為鍼，陳瓜果於庭中以乞巧。有喜子網於瓜上，則以為符應。」喜子，即紅色小蜘蛛。宋吳自牧夢粱錄則謂：「或取小蜘蛛，以金銀小盒兒盛之，次早觀其網絲圓正，名曰

定不曾？（宮娥云）已完備多時了。（旦云）咱乞巧則個。（正末引宮娥挑燈拿砌末⓫上，云）寡人今日朝回無事，一心只想著貴妃。已令在長生殿設宴，慶賞七夕。內使，引駕去來。

（唱）

【仙呂・八聲甘州】朝綱倦整，寡人待痛飲昭陽⓬，爛醉華清。卻是吾當⓭有幸，一個太真妃傾國傾城。珊瑚枕上兩意足，翡翠簾前百媚生。夜同寢，晝同行，恰似鸞鳳和鳴。

「得巧』。」案，唐玄宗與楊貴妃乞巧事，見於唐陳鴻長恨歌傳和後周王仁裕開元天寶遺事。

⓾長生殿：唐代後宮寢殿的通稱，大明宮和華清宮內都有長生殿（詳資治通鑑則天皇后長安四年注文）。宋王溥唐會要華清宮：「天寶元年十月造長生殿，名曰集靈臺，以祀神。」

⓫砌末：亦作「切末」。傳統戲曲中道具和布景的統稱。金元時稱什物作砌末（見墨娥小錄行院聲嗽），後泛指一應道具布景，諸如扇子、馬鞭、船槳以及布城、雲片、水旗等。

⓬昭陽：漢武帝時未央宮後宮八區有昭陽殿，後傳為漢成帝寵妃趙飛燕所居。此借指楊貴妃所居宮殿。下文的華清，乃指唐代在驪山上所修造的溫泉宮，貞觀間置，咸亨中始名，天寶六載（西元七四七年）擴建並名為華清宮。這裏昭陽、華清均是泛指後宮。詳見三輔黃圖和新唐書地理志。

⓭吾當：即我。當，為語助詞。一說用於帝王自稱。元馬致遠漢宮秋雜劇第二折：「似箭穿著雁口，沒個人敢咳嗽，吾當僝僽。」

(帶云)寡人自從得了楊妃，真所謂「朝朝寒食，夜夜元宵」⑭也。(唱)

【混江龍】晚來乘輿，一襟爽氣酒初醒。松開了龍袍羅扣，偏斜了鳳帶紅鞓⑮。侍女齊扶碧玉輦，宮娥雙挑絳紗燈。順風聽，一派簫韶令⑯。(內作吹打喧笑科)(正末云)是那裏這等喧笑？(宮娥云)是太真娘娘在長生殿乞巧排宴哩。(正末云)眾宮娥不要走的響，待寡人自看去。(唱)多咱是胭嬌簇擁，粉黛施呈⑰。

---

⑭ 朝朝寒食二句：宋元習用語。謂朝歡暮樂無有已時也。元劉時中〔正宮・端正好〕套：「朝朝寒食，夜夜元宵暮。」清梁紹壬兩般秋雨盦隨筆卷七釋此語謂：「俗諺艷稱富貴家有此二句。人俱以為歌舞繁華景象，而不知上句乃極冷淡語也。寒食一節，古無賞心樂事。豪家俾晝作夜，中宵酣戲，比曉高眠，客之至其門者，見突虛竈冷，頗有若寒食禁烟之象，故以是比之也。」唐白居易長恨歌有「承歡侍宴無閒暇，春從春遊夜專夜」二句，可相印讀。

⑮ 紅鞓：紅色的皮革腰帶。宋沈括夢溪筆談雜志一：「船中有三十餘人，衣冠如唐人，繫紅鞓角帶，短皂布衫。」按，宋金兩代服制，五品以下官員才用紅鞓。這裏只是取其字面，以與「鳳帶」相對應。鞓，音ㄊㄧㄥ。

⑯ 簫韶令：簫韶，傳為舜樂，後亦泛指美妙的仙樂。書益稷：「簫韶九成，鳳凰來儀。」九成，猶九闋，亦即九段。令，唐宋雜曲的一種體制，一般指短的樂調。

⑰ 多咱是胭嬌簇擁二句：謂一定是由宮女們前呼後擁，妝點得光彩照人地出現。多咱是，亦作「多敢是」。推測之詞，猶「多半是」、「恐怕是」之類。施呈，呈獻、展示。

【油葫蘆】報接駕的宮娥且慢行，親自聽；上瑤階，挪步近前楹。悄悄蹙蹙⑱款把紗窗映，撲撲簌簌風颭⑲珠簾影。我恰待行，打個囈掙⑳，怪玉籠中鸚鵡知人性㉑，不住的語偏明！

（內作鸚鵡叫，云）萬歲來了，接駕。（旦驚云）聖上來了！（做接駕科）（正末唱）

【天下樂】則見展翅忙呼萬歲聲，驚的那娉婷，將鑾駕迎。一個暈龐兒畫不就，描不成；行的一步步嬌，生的一件件撐㉒，一聲聲似柳外鶯。

⑱ 悄悄蹙蹙：猶悄無聲息，寂靜安詳。

⑲ 颭：音ㄓㄢˇ。風吹物使其顫動搖曳。唐柳宗元登柳州城樓寄漳、汀、封、連四州刺史：「驚風亂颭芙蓉水，密雨斜侵薜荔墻。」

⑳ 囈掙：北方方言，猶（猛然打個）寒噤，謂未曾料想出現某種聲音或場面，陡的吃驚了一下。元李文蔚燕青博魚雜劇第三折：「我這裏呵欠罷翻身，打個囈掙。」

㉑ 怪玉籠中句：唐玄宗於後宮中曾養一白鸚鵡，名之曰「雪衣女」。又有一綠鸚鵡，名為「綠衣使者」，均能模仿人語。事詳開元天寶遺事等。此以之穿插於劇中，以豐富情境與細節。

㉒ 撐：美麗、漂亮。王季思先生注西廂記謂「撐」當作「竫」。廣雅：「竫，善也。」近人章太炎新方言：「善美同意，嶺外三州謂美曰勁，亦謂之竫。」金董解元西廂記諸宮調卷一：「臉兒稔色百媚生，出得門來慢慢地行，便是月殿裏姮娥也沒恁的撐。」

（云）卿在此做甚麼？（旦云）今逢七夕，妾身設瓜果之會，問天孫㉓乞巧哩！（正末看科，云）排設的是好也！（唱）

【醉中天】龍麝焚金鼎，花萼插銀瓶㉔。小小金盆種五生㉕，供養著鵲橋會丹青幀㉖，把一個米來大蜘蛛兒抱定。攙奪㉗盡六宮寵幸，更待怎生般智巧心靈。

（正末與旦砌末科，云）這金釵一對，鈿盒一枚，賜與卿者。（旦接科，云）謝了聖恩也。（正末唱）

㉓ 天孫：織女星的別稱。史記天官書：「婺女，其北織女。織女，天女孫也。」司馬貞索隱：「織女，天孫也。」

㉔ 龍麝焚金鼎二句：謂燻香繚繞，花插瓶中，是說室內布置雅致。水滸傳第二回及百一十回均有「香焚金鼎，花插金瓶」句，可知此亦元明間習用成語。

㉕ 種五生：亦作「種生」。古代風俗，於七夕前，將小麥、豆類等浸在水中，使其生芽，稱之謂「五生盆」，亦即「種生」。宋孟元老東京夢華錄卷八七夕：「又以菉豆、小豆、小麥於磁器內，以水浸之，生芽數寸，以紅藍彩縷束之，謂之種生。」

㉖ 丹青幀：即畫幅。幀，原本作「幨」，徑改。

㉗ 攙奪：猶「搶佔」、「取代」。元無名氏謝金吾雜劇第二折：「不聽的做夜市的炒鬧，爭地鋪的攙奪。」

【金盞兒】我著絳紗蒙㉘，翠盤盛，兩般禮物堪人敬，趁著這新秋節令賜卿卿。七寶金釵盟厚意，百花鈿盒表深情㉙。這金釵兒教你高聳聳頭上頂，這鈿盒兒把你另巍巍㉚手中擎。

（旦云）陛下，這秋光可人，妾待與聖駕亭下閒步一番。（正末做同行科）（唱）

【憶王孫】瑤階月色晃疏櫺，銀燭秋光冷畫屏㉛。消遣此時此夜景，和月步閒庭，苔浸的凌波羅襪冷㉜。

（云）這秋景與四時不同。（旦云）怎見的與四時不同？（正末云）你聽我說。（唱）

【勝葫蘆】露下天高夜氣清㉝，風掠得羽衣輕，香惹丁東環佩聲。碧天澄淨，銀

㉘ 絳紗蒙：脈望館本硃筆改作「綉袋兒蒙」。

㉙ 七寶金釵盟厚意二句：由唐白居易長恨歌中「唯將舊物表深情，鈿合金釵寄將去」二句化出。陳鴻長恨歌傳亦有「定情之夕，授金釵鈿合以固之」的描述。

㉚ 另巍巍：即高高的。另，有突出、單獨的含義。

㉛ 銀燭秋光冷畫屏：用唐杜牧秋夕詩中的成句。

㉜ 苔浸的句：凌波羅襪，語出三國魏曹植洛神賦：「凌波微步，羅襪生塵。」元王實甫西廂記雜劇第三本第三折：「夜涼苔徑滑，露珠兒溼透了凌波襪。」

㉝ 露下天高夜氣清：化用唐杜甫夜詩中的「露下天高秋氣清」句。

河光瑩，只疑是身在玉蓬瀛㉞。

（旦云）今夕牛郎織女相會之期，一年只是得見一遭，怎生便又分離也！（正末唱）

【金盞兒】他此夕把雲路鳳車乘，銀漢鵲橋平㉟。不甫能㊱今夜成歡慶，枕邊忽聽曉雞鳴；卻早離愁情脈脈，別淚雨泠泠。五更長嘆息，則是一夜短恩情。

（旦云）他是天宮星宿，經年不見，不知也曾相憶否？（正末云）他可怎生不想來！（唱）

【醉扶歸】暗想那織女分，牛郎命，雖不老，是長生；他阻隔銀河信杳冥，經年度歲成孤另㊲。你試向天宮打聽，他決害了些相思病。

（旦云）妾身得侍陛下，寵幸極矣。但恐容貌日衰，不得似織女長久也。（正末唱）

㉞ 玉蓬瀛：指仙境。史記秦始皇本紀：「海中有三仙山，名曰蓬萊、方丈、瀛洲，仙人居之。」

㉟ 銀漢鵲橋平：神話傳說，七夕喜鵲架橋於天河之上，以渡牛郎織女相會。唐韓鄂歲華紀麗卷三引風俗通：「織女七夕當渡河，使鵲為橋。」銀漢，即銀河，亦即天河。

㊱ 不甫能：亦作「甫能」、「付能」、「不付能」。均是剛剛、方纔之意。細繹之，有「好不容易」、「纔能夠」意味。見張相詩詞曲語辭匯釋。元王實甫西廂記雜劇第五本第四折：「不甫能離了心上，又早眉頭。」

㊲ 孤另：意同「孤零」。另，單也。

【後庭花】偏不是上列著星宿名，下臨著塵世生；把天上姻緣重，將人間恩愛輕。各辦著真誠㊳，天心必應，量他每何足稱。

（旦云）妾想牛郎織女，年年相見，天長地久，只是如此。世人怎得似他情長也！（正末唱）

【金盞兒】咱日日醉霞觥㊴，夜夜宿銀屏；他一年一日見把佳期等。若論著多多為勝，咱也合贏。我為君王猶妄想，你做皇后尚嫌輕。可知道斗牛星畔客㊵，回首問前程㊶。

㊳ 辦著真誠：宋元習用語。猶「懷著志誠」。宋胡銓玉音問答：「只是辦著一片志誠心去，自有許多好處。」元王實甫西廂記雜劇第四本第一折：「則為這可憎才熬得心腸耐，辦一片志誠心留得形骸在。」

㊴ 霞觥：猶霞杯，指盛滿美酒的酒杯。霞，指流霞，神仙家將美酒稱作流霞。明謝讜四喜記椿庭慶壽：「香護鮫綃，翠點花鈿，堂前敬捧霞觥。」

㊵ 斗牛星畔客：斗牛為二十八星宿的斗宿和牛宿。戲曲小說中往往以二十八宿中的斗牛女虛，代指銀河左右天琴座的織女三星和天鷹座的河鼓二星（牽牛星）。此指神話傳說中的牛郎織女七夕一會。三國魏曹植洛神賦：「嘆匏瓜之無匹兮，詠牽牛之獨處。」李善注引曹植九詠注：「牽牛為夫，織女為婦，織女牽牛之星，各處河鼓之旁，七月七日，乃得一會。」

（旦云）妾蒙主上恩寵無比，但恐春老花殘，主上恩移寵衰，使妾有龍陽泣魚之悲，班姬題扇之怨㊷，奈何！（正末云）妃子，你說那裏話？（旦云）陛下，請示私約㊸，以堅終始。（正末云）咱和你去那處說話去。（做行科）（唱）

【醉中天】我把你半嚲㊹的肩兒凭，他把個百媚臉兒擎。正是金闕西廂叩玉

㊶ 前程：元劇中用來特指戀愛的結果，姻緣之歸宿。元無名氏隔江鬥智雜劇第四折：「聽的個東君今日綺筵開，則俺這美前程世間無賽。」

㊷ 使妾有二句：龍陽泣魚之悲，用戰國策魏策中魏安釐王男寵龍陽君擔心日後失寵事。一日，二人釣魚時，龍陽君忽然哭了起來，謂王曰：開始釣魚時興致很高，魚釣得多了，就將先前釣的魚丟棄了。日後我怕是也會像被丟掉的魚一樣，被大王所棄。此借用來表示擔心自己失寵。班姬題扇之怨，用意亦同。班姬，即班倢伃，漢成帝寵妃，後被趙飛燕姊弟所讒，遂失寵，乃作怨歌行，以秋扇見棄喻失寵後獨處的孤寂與無助。怨歌行載文選卷二十七。事詳漢書外戚傳第六十孝成班倢伃。

㊸ 私約：指兩情盟誓。唐陳鴻長恨歌傳：「秋七月，牽牛織女相見之夕……上（指唐玄宗）凭肩而立，因仰天感牛女事，密相誓心，願世世為夫婦。」

㊹ 嚲：音ㄉㄨㄛˇ。傾斜、垂下。亦作「軃」，音義俱同。宋周邦彥浣溪紗慢詞：「燈盡酒醒時，曉窗明，釵橫鬢嚲。」又，元王實甫西廂記第三本第二折：「晚妝殘，烏雲嚲，輕勻了粉臉，亂挽起雲鬢。」

扃㊺，悄悄迴廊靜。靠著這招彩鳳、舞青鸞㊻、金井梧桐樹影，雖無人竊聽，也索悄聲兒海誓山盟。

（云）妃子，朕與卿儘今生偕老；百年以後，世世永為夫婦。神明鑒護者！（旦云）誰是盟證？（正末唱）

【賺煞尾】長如一雙鈿盒盛，休似兩股金釵另㊼。願世世姻緣注定，在天呵做鴛鴦常比并，在地呵做連理枝生㊽。月澄澄銀漢無聲，說盡千秋萬古情。咱各辦著志誠，你道誰為顯證，有今夜度天河相見女牛星。（同下）

㊺ 金闕西廂叩玉扃：襲用唐白居易長恨歌中成句。原詩意為方士訪楊貴妃於仙境樓閣，拔簪叩西廂之門戶。這裏借以代指後宮長生殿。

㊻ 招彩鳳舞青鸞：傳說鳳凰非梧桐樹不棲，故這裏以「招彩鳳、舞青鸞」作梧桐樹的修飾語。

㊼ 另：這裏是分離的意思。

㊽ 在天呵二句：化用唐白居易長恨歌中成句：「七月七日長生殿，夜半無人私語時：『在天願作比翼鳥，在地願為連理枝。』」比翼鳥、連理枝，乃用搜神記中韓憑夫婦故事。古詩焦仲卿妻（後人又題作孔雀東南飛）結末云：「兩家求合葬，合葬華山旁。東西植松柏，左右種梧桐。枝枝相覆蓋，葉葉相交通。中有雙飛鳥，自名為鴛鴦。」

第二折

（安祿山引眾將上，云）某安祿山是也。自到漁陽，操練蕃漢人馬，精兵現有四十萬，戰將千員。如今明皇年已昏眊❶；楊國忠、李林甫播弄朝政❷。我今只以討賊為名，起兵到長安，搶了貴妃，奪了唐朝天下，才是我平生願足。左右，軍馬齊備了麼？（眾將云）都齊備了。（安祿山云）著軍政司❸先發檄一道，說某奉密旨討楊國忠等；隨後令史思明領

❶ 昏眊：昏昧、糊塗。眊，音ㄇㄠˋ。本指老眼昏花。明朱鼎玉鏡臺記王敦反：「朝廷昏眊縱姦謀，淹棄吾曹如寇讎。」

❷ 楊國忠句：舊唐書楊國忠傳：「國忠本性疏躁，強力有口辯，既以便佞得宰相，剖決機務，居之不疑。立朝之際，或攘袂扼腕，自公卿已下，皆頤指氣使，無不讋憚。」李林甫則恃其早達，專橫跋扈。玄宗晚年，倦於朝政，「自得林甫，一以委成。故杜絕逆耳之言，恣行宴樂」。詳見舊唐書李林甫傳。播弄，略同於「撥弄」，乃翻手為雲，覆手為雨之意。

❸ 軍政司：管理軍中行政事務的官員。三國演義第四十六回：「瑜大喜，喚軍政司當面取了文書，置酒相待曰：『待軍事畢後，自有酬勞。』」

兵三萬❹，先取潼關，直抵京師。成大事如反掌耳！（眾將云）得令。（安祿山云）今日天晚，明日起兵。（詩云）統精兵直指潼關，料唐家無計遮攔。單要搶貴妃一個，非專為錦綉江山❺。（同下）（正末引高力士，鄭觀音抱琵琶、寧王吹笛、花奴打羯鼓、黃翻綽執板捧旦上❻）（正末云）今日新秋天氣，寡人朝回無事。妃子學得霓裳羽衣舞❼，同往御園中沉香

---

❹ 隨後令史思明句：史思明，本名窣干，營州突厥胡人，與安祿山同鄉里。天寶十四載（西元七五五年），從安祿山反。至德二載（西元七五七年）安祿山為其子安慶緒所殺，唐王朝收復兩京，史思明遂降，次年復叛。乾元二年（西元七五九年）自稱燕王，殺安慶緒，據范陽。上元二年（西元七六一年）為其子史朝義所殺。舊唐書卷二百有傳。史思明領兵三萬，脈望館本、繼志齋本、顧曲齋本皆作「尹子奇領兵三千」。

❺ 今日天晚六句：脈望館本、繼志齋本、顧曲齋本皆作：「眾軍士聽我將令：不許交頭接耳，不許語笑喧嘩；不許搶人財產，不許擄人婦女。鼓進金退，違令者斬！今日天晚，明日起兵。某且回後帳中去來。」

❻ 鄭觀音抱琵琶句：鄭觀音，唐宮廷樂師，疑即樂府雜錄琵琶中所記文宗時善琵琶的鄭中丞。中丞，宮中內苑官名。掌管供奉樂舞事宜。寧王，以善吹橫笛見稱，見新唐書禮樂志和宋樂史楊太真外傳。花奴，寧王子汝南王璡的小名，擅羯鼓。唐段安節樂府雜錄羯鼓：「花奴時戴砑絹帽子，上安葵花，數曲曲終，花不落，蓋能定頭項爾。」羯鼓為西域主要樂器之一。唐南卓羯鼓錄：「羯鼓出外夷，以戎羯之鼓，故曰羯鼓。」黃翻綽，亦著名宮廷樂師，曾奉玄宗命作拍板

亭❽下閒耍一番。早來到也。你看這秋來風物，好是動人也呵。（唱）

【中呂・粉蝶兒】天淡雲閒❾，列長空數行征雁，御園中夏景初殘。柳添黃，荷減翠，秋蓮脫瓣。坐近幽蘭❿，噴清香玉簪花綻。

（帶云）早到御園中也。雖是小宴，倒也整齊。（唱）

譜。樂府雜錄拍板：「拍板本無譜，明皇遣黃翻綽造譜，乃於紙上畫兩耳以進。上問其故，對：『但有耳道，則無失節奏也。』」意思是說拍板之旋律，只須合乎自然諧調，不失節奏就可以了。

捧旦上，脈望館本、繼志齋本、顧曲齋本皆作「十美人捧正旦上」。

❼ 霓裳羽衣舞：唐白居易霓裳羽衣舞曲注：「開元中西涼節度使楊敬述作。」屬法曲，原為婆羅門曲。舞時「被羽衣，飄然有翔雲飛鶴之勢」（見唐語林卷七），故名之。據宋王灼碧雞漫志可知，此曲凡十二遍，前遍為散板，不舞；後遍有拍有舞。曲終為曼聲。然在戲曲小說中，卻將此曲附會為唐明皇夢遊月宮聽了仙曲後所作。詳見唐柳宗元龍城錄明皇夢遊廣寒宮等。

❽ 沉香亭：唐宮中亭名，在興慶宮內。宋樂史楊太真外傳中有玄宗與貴妃在此亭下觀賞木芍藥（即牡丹）的描寫。唐李白清平調詞之三：「解釋春風無限恨，沉香亭北倚闌干。」這裏根據劇情需要，將其移於內苑。

❾ 天淡雲閒：由唐杜牧題宣州開元寺水閣詩中的「天淡雲閒今古同」句點化而來。按，此〔中呂・粉蝶兒〕曲與關漢卿緋衣夢第一折之〔點絳唇〕曲極為相似，未知孰先孰後。

❿ 幽蘭：底本作「幽闌」，據下句文意及其他四本改。

【叫聲】共妃子喜開顏。等閒，等閒，御園中列肴饌。酒注嫩鵝黃，茶點鷓鴣斑⓫。

【醉春風】酒光泛紫金鍾，茶香浮碧玉盞；沉香亭畔晚涼多，把一搭兒親自揀。粉黛濃妝，管絃齊列，綺羅相間。

（外扮使臣上，詩云）長安回望繡成堆，山頂千門次第開。一騎紅塵妃子笑，無人知是荔枝來⓬。小官四川道⓭差來使臣。因貴妃娘娘好啖鮮荔枝，遵奉詔旨，特來進鮮。早到朝門外了。宮官，通報一聲，說四川使臣來進荔枝。（做報科）（正末云）引他進來。（使臣見駕科，云）四川道使臣進貢荔枝。（正末看科，云）妃子，你好食此果，朕特令他及時進

⓫ 酒注嫩鵝黃二句：斟滿淡黃色的美酒，泡上香濃的名茶。嫩鵝黃，形容酒的顏色。宋蘇軾追和子由詩暴雨初晴樓上晚景：「應傾半熟鵝黃酒，照見新晴水碧天。」鷓鴣斑，茶盞名。因其上有類於鷓鴣斑點的紋飾，故名。宋楊萬里和羅巨濟山居十詠之三：「自煎蝦蟹眼，同瀹鷓鴣斑。」或以為是茶名，即宋人葉廷珪名茶譜中所列之鷓鴣香。斑，王季思全元戲曲本作「班」，此從元曲選本。

⓬ 長安回望繡成堆四句：為唐杜牧過華清宮絕句三首（其一）全詩成句。

⓭ 四川道：這裏只是泛指，或以為是雜用唐宋地名。唐益州總管府轄劍南東西、山南、黔中四道，宋咸平時分置益、利、梓、夔四路，設四川路宣撫使。見王文才白樸戲曲集校注。

來。（旦云）是好荔枝也！（正末唱）

【迎仙客】香噴噴味正甘，嬌滴滴色初綻，只疑是九重天謫來人世間。取時難，得後慳，可惜不近長安，因此上教驛使把紅塵踐⑭。

（旦云）這荔枝顏色嬌嫩，端的可愛也。（正末唱）

【紅繡鞋】不則向金盤中好看，便宜將玉手擎餐⑮，端的個絳紗籠罩水晶寒⑯。為甚教寡人醒醉眼⑰，妃子暈嬌顏，物稀也人見罕⑱。

（高力士云）請娘娘登盤演一回霓裳之舞。（正末云）依卿奏者。（正旦做舞）（眾樂攛

⑭ 可惜不近長安二句：宋歐陽修浪淘沙詞詠荔枝有句云：「絳紗囊裏水晶丸，可惜天教生處遠，不近長安。」同詞下片云：「往事憶開元，妃子偏憐。一從魂散馬嵬關，只有紅塵無驛使，滿眼驪山。」二句由歐詞化出。

⑮ 玉手擎餐：脈望館本、繼志齋本、顧曲齋本均作「翠袖擎看」，酹江集本則作「玉手擎看」。

⑯ 絳紗籠罩水晶寒：由宋歐陽修浪淘沙詞中「絳紗囊裏水晶丸」句點化而來。荔枝殼呈鮮紅色，果肉白皙而晶瑩，故云。

⑰ 為甚教句：脈望館本硃筆改作「為甚不生北地，卻長在江南」。

⑱ 物稀也人見罕：唐白居易題郡中荔枝詩十八韻兼寄萬州楊八使君有句：「嚼疑天上味，嗅異世間香。」又云：「燕脂掌中顆，甘露舌頭漿。物少尤珍重，天高苦渺茫。」皆言物稀罕見。

掇⑲科）（正末唱）

【快活三】囑付你仙音院莫怠慢，道與你教坊司要迭辦⑳。把個太真妃扶在翠盤間㉑，快結束，宜妝扮。

⑲ 攛掇：古典戲曲樂器演奏專門術語。亦作「攛斷」、「攛頓」等。元無名氏藍采和雜劇第三折：「再不去喬粧扮打拍攛掇，再不去戲臺上信口開合。」案，攛掇通常指慫恿、勸誘，亦有撥弄催逼之意，與這裏專指演奏不同。

⑳ 囑付你二句：謂催促宮廷音樂演奏部門速速行動起來。仙音院，為元代中統元年設立的音樂機關，後改作玉宸院。這裏不過是借指宮廷音樂組織。一說音為「韶」之訛，唐代稱樂官所居之處為仙韶院。唐文宗時，宮中樂工伶人居所。舊唐書文宗紀下：「（開成三年）己酉，改法曲為仙韶曲，仍以伶官所處為仙韶院。」教坊司，唐代官方設置的掌管樂舞的機構。開元二年（西元七一四年）置左右教坊，左坊工舞，右坊善歌。詳見唐崔令欽教坊記。宋元明皆因之。水滸傳中往往將仙音院與教坊司並提對舉，如第二回云：「仙音院競奏新聲，教坊司頻逞妙藝。」迭辦，籌措、置辦。元關漢卿金線池雜劇第一折：「全憑五個字迭辦金銀，無過是惡、劣、乖、毒、狠。」

㉑ 翠盤間：猶言舞池中。宋元習語，稱表演各種技藝的場地為盤子。故上文有「請娘娘登盤演一回霓裳之舞」句，登盤，猶登場。翠盤，當指綠色的舞裀，或指用綠色玉石砌成的圓形舞池。元曾瑞〔哨遍・麈腰〕：「翠盤中妃后逞妖嬈，舞春風楊柳依依。」

【鮑老兒】雙撮得泥金衫袖挽㉒，把月殿裏霓裳按。鄭觀音琵琶准備彈，早搭上鮫綃襻㉓。賢王玉笛，花奴羯鼓，韻美聲繁；壽寧錦瑟，梅妃玉簫㉔，嘹亮循環。

【古鮑老】屹刺刺撒開紫檀㉕，黃翻綽向前手拈板。低低的叫聲玉環，太真妃笑時花近眼㉖。紅牙筯趁五音擊著梧桐按㉗，嫩枝柯猶未乾，更帶著瑤琴音泛㉘。

㉒ 雙撮得句：指歌舞時的裝束。元孫周卿〔雙調．水仙子〕贈舞女趙楊花：「玉纖雙撮泥金袖，稱珍珠絡臂韝，翠盤中一搦溫柔。」珍珠絡臂韝，為唐杜甫即事中成句。仇兆鰲注引通鑑注：「韝，臂捍也。」即舞服之護臂。

㉓ 早搭上鮫綃襻：謂琵琶已搭上肩窩。鮫綃，傳說中鮫人所織的絹。南朝梁任昉述異記卷上：「南海出鮫鮹紗，泉室潛織，一名龍紗。其價百餘金，以為服，入水不濡。」襻，衣帶之扣襻。

㉔ 壽寧錦瑟二句：壽寧，當指唐玄宗第十八子壽王李瑁，因其自幼養育在寧王府邸。梅妃，即江采蘋。曾為玄宗所寵幸，因其性喜梅花，故名梅妃。善吹白玉笛，嘗作驚鴻舞。楊玉環專寵後，梅妃遭嫉，遷於洛陽之上陽宮。事詳傳奇梅妃傳。

㉕ 屹刺刺撒開紫檀：猶劈哩啪啦敲起了檀板。屹刺刺，象聲詞。撒開，即放開手激情洋溢地敲。

㉖ 笑時花近眼：謂楊妃回應以眉開眼笑。唐杜甫即事詩：「笑時花近眼，舞罷錦纏頭。」

㉗ 紅牙筯趁五音句：指唐玄宗親自奏琴。唐王翰吹簫圖：「吹到涼州移別調，君王親為按紅牙。」紅牙，樂器名。檀木製成的拍板，用以調節樂曲的節拍。元張可久〔越調．寨兒令〕遊春即景：

卿呵，你則索㉙出幾點瓊珠汗。

（旦舞科）（正末唱）

【紅芍藥】腰鼓聲乾㉚，羅襪弓彎；玉佩丁東響珊珊，即漸裏舞嚲雲鬟㉛。施呈你蜂腰細，燕體翻，作兩袖香風拂散。（帶云）卿倦也，飲一杯酒者。（唱）寡人親捧

「簌絳紗，按紅牙，金鞍半敧玉面馬。」梧桐，這裏指琴。後漢書蔡邕傳載，有以燃桐木為炊者，邕知桐木乃製琴良材，因取以為琴。琴成，果有美音，而其尾尚焦。後因以「焦桐」或「焦尾」稱琴。

㉘ 音泛：即敉（ㄒㄧㄢˋ）泛，指琴聲。泛，本作「汎」。七弦琴有十三個指示音節標識，稱作徽。彈撥時徽位上發出的聲音叫做汎。清劉獻廷廣陽雜記卷三：「張一弦於弓，鼓之作泛音，與琴之十三徽無異。」

㉙ 則索：宋元習用語。猶只得，只能如此。元王實甫西廂記第一本第二折：「我和他乍相逢記不真嬌模樣，我則索手抵著牙兒慢慢的想。」

㉚ 腰鼓聲乾：腰鼓，又稱答鼓，本為西域樂器，屬龜茲樂部。乾，音ㄍㄢ。形容聲音清脆響亮。唐岑參虢州西亭陪端公宴集詩：「開瓶酒色嫩，踏地葉聲乾。」

㉛ 即漸裏舞嚲雲鬟：謂舞姿漸入佳境。即漸裏，亦作「即裏漸裏」。猶逐漸、漸漸。元無名氏〔柳營曲・風月擔〕：「統鏝情忺，愛錢娘嚴，少不得即裏漸裏病懨懨。」嚲，音ㄉㄨㄛˇ。垂下，此指髮髻傾斜。

杯玉露甘寒，你可也莫得留殘㉜，拚著㉝個醉醺醺直吃到夜靜更闌。（旦飲酒科）（淨扮李林甫上，云）小官李林甫是也。現為左丞相之職。今早飛報將來，說安祿山反叛，軍馬浩大，不敢抵敵，只得見駕。（做見駕科）（正末云）丞相有何事，這等慌促？（李林甫云）邊關飛報安祿山造反，大勢軍馬殺將來了。陛下，承平日久，人不知兵，怎生是好？（正末云）你慌做甚麼！（唱）

【剔銀燈】止不過奏說邊庭上造反，也合看空便㉞，覷遲疾緊慢。等不的俺筵上笙歌散，可不氣丕丕冒突天顏㉟！那些個齊管仲鄭子產，敢待做假忠孝龍逢比干㊱。

㉜ 莫得留殘：勸人飲酒不要剩下之意。宋黃庭堅西江月詞：「盃行到手莫留殘，不道月斜人散。」

㉝ 拚著：有豁出去之意。張相詩詞曲語辭匯釋：拚，猶判。「割捨之辭，亦甘願之辭。自宋以後多用拚字或拚字，而唐人則多用判字。」並引晏幾道之鷓鴣天詞「彩袖殷勤捧玉鍾，當年拚卻醉顏紅」以說明其意。

㉞ 也合看空便：意謂所奏之事無關大體，須在得空得便時再奏。合，即合該、應該。空便，指閒時。空，音ㄎㄨㄥ。

㉟ 可不氣丕丕句：氣丕丕，猶氣沖沖。冒突天顏，猶言冒犯龍顏。冒突，冒犯、唐突。

㊱ 那些個二句：齊管仲，即春秋時齊國政治家管敬仲，他曾輔佐齊桓公成就齊國霸業。鄭子產，即

（李林甫云）陛下，如今賊兵已破潼關，哥舒翰失守逃回㊲，目下就到長安了。京城空虛，決不能守，怎生是好？（正末唱）

【蔓菁菜】險些兒慌殺你個周公旦㊳。（李林甫云）陛下，只因女寵盛，讒夫昌㊴，惹起這刀兵來了。（正末唱）你道我因歌舞壞江山？你暢好是占奸㊵。早難道羽扇綸巾

春秋時鄭國政治家公孫僑，他是鄭簡公之卿相，曾幫助鄭簡公改革政治，修明法度。這裏是以此二人喻指得力的忠臣。敢待，猶莫非是。龍逢，即關龍逢。相傳為夏朝忠臣，他在夏桀時敢於直諫，指陳昏君的暴虐荒淫，被囚禁殺害。比干，商朝忠臣。殷紂王荒淫無度，他曾直言強諫，被剜心至死。此以二人喻指直言強諫者。

㊲ 哥舒翰失守逃回：天寶十四載（西元七五五年）十一月，安祿山起兵於范陽，佔據東都。翌年稱帝，國號燕。唐王朝以哥舒翰為太子先鋒兵馬大元帥，統領二十萬兵拒守潼關。後倉促出兵，與叛軍決戰於靈寶，唐軍大敗，哥舒翰被執，京師朝野震動。

㊳ 周公旦：即周文王子姬旦。他曾輔佐周武王滅商紂。武王死，成王年幼，周公攝政。此借指李林甫。

㊴ 女寵盛二句：語出說苑君道二十五：「湯之時大旱七年……於是使人持三足鼎祀山川，教之祝曰：『政不節耶？使民疾耶？苞苴行耶？讒夫昌耶？宮室榮耶？女謁盛耶？何不雨之極也！』」荀子大略亦載此語，文字略有不同。

㊵ 暢好是占奸：正是奸臣。暢好是，猶真是、正是。暢，別本或作「常」。占奸，猶奸佞。

笑談間，破強虜三十萬㊶。

（云）既賊兵壓境，你眾官計議，選將統兵，出征便了。（李林甫云）如今京營兵不滿萬，將官衰老；如哥舒翰名將，尚且支持不住，那一個是去得的？（正末唱）

【滿庭芳】你文武兩班，空列些烏靴象簡，金紫羅襴㊷；內中沒個英雄漢，掃蕩塵寰。慣縱的個無徒㊸祿山，沒揣的㊹撞過潼關，先敗了哥舒翰。疑怪昨宵向晚，不見烽火報平安㊺。

（云）卿等有何計策，可退賊兵？（李林甫云）安祿山部下蕃漢兵馬四十餘萬，皆是一以當百，怎與他拒敵？莫若陛下幸蜀㊻以避其鋒，待天下兵至，再作計較。（正末云）依卿

㊶ 早難道二句：用宋蘇軾念奴嬌赤壁懷古詞中句意，原詞云：「羽扇綸巾，談笑間，強虜灰飛煙滅。」這裏是強作鎮定之語，意謂安祿山叛軍不足畏懼。早難道，猶言有道是。

㊷ 烏靴象簡二句：唐制，象簡為五品以上所持用，紫服金帶，為三品以上所服。見舊唐書輿服志。羅襴，古代絲織公服。按官品高下，有紫、緋、綠等區別。見新唐書車服志。

㊸ 無徒：宋元市井習用語。泛指流氓、無賴之徒。

㊹ 沒揣的：這裏是突然的、沒遮攔的之意。

㊺ 烽火報平安：唐杜甫夕烽詩：「夕烽來不近，每日報平安。」唐代約三十里設鎮戍烽候，每日初夜，放煙火一炬，稱之謂「平安火」。見資治通鑑至德元載注。

所奏。便傳旨：收拾六宮嬪御，諸王百官，明日早起，幸蜀去來。（旦作悲科，云）妾身怎生是好也！（正末唱）

【普天樂】恨無窮，愁無限；爭奈㊼倉卒之際，避不得驀嶺登山。鑾駕遷，成都盼；更那堪滻水西飛雁㊽，一聲聲送上雕鞍。傷心故園，西風渭水，落日長安㊾！

（旦云）陛下，怎受的途路之苦？（正末云）寡人也沒奈何哩！（唱）

㊻ 幸蜀：天寶十五載六月，楊國忠勸上入蜀。「乙未，黎明，上獨與貴妃姊妹、皇子、妃、主、皇孫、楊國忠、韋見素、魏方進、陳玄禮及親近宦官、宮人出延秋門，妃、主、皇孫在外者，皆委之而去。」詳資治通鑑至德元載。

㊼ 爭奈：即怎奈、無奈。

㊽ 滻水西飛雁：滻水源出藍田西南秦嶺山中，北流會庫峪、石門峪等水入灞水。這裏暗用唐玄宗故事。玄宗出京前嘗命人唱水調歌，中有李嶠「不見只今汾水上，惟有年年秋雁飛」句，淒然淚下。幸蜀途中又唱此曲。詳見明皇雜錄及本事詩等。

㊾ 西風渭水二句：化用唐賈島憶江上吳處士句，原句為：「秋風吹渭水，落葉滿長安。」

【啄木兒尾】端詳了你「上馬嬌」，怎支吾「蜀道難」㊿！替你愁那嵯峨峻嶺連雲棧51，自來驅馳可慣？幾程兒捱得過劍門關52？（同下）

㊿ 端詳了你二句：「上馬嬌」和「蜀道難」對舉，一為圖畫名，一為樂府舊題名，屬對巧妙。宋人有楊妃上馬嬌圖。端詳，細看也。支吾，亦作「支捂」、「支梧」。有支撐、抵擋意；又有應付、迎對意。這裏兼有之，因「蜀道難」即語含雙關。

51 連雲棧：棧道名。在陝西漢中地區，古來為川陝之通道。自鳳縣東北草涼驛至開山驛，全長約四百七十餘里。明初因故址增修，約有棧閣二千二百七十五間。或以為玄宗入蜀，取道北棧，即褒斜道，從郿縣南，經太白留壩至褒城。見王文才白樸戲曲集校注。

52 劍門關：古關塞名。在今四川劍閣北，絕壁峭巖，形似劍門，故名。唐白居易長恨歌：「黃埃散漫風蕭索，雲棧縈紆登劍閣。」

第三折

（外扮陳玄禮上，詩云）世受君恩統禁軍，天顏喜怒得先聞❶。太平武備皆無用，誰料狂胡起戰塵。某右龍武將軍陳玄禮是也。昨因逆胡安祿山倡亂，潼關失守。昨日宰臣會議，大駕暫幸蜀川，以避其鋒。今早飛報，說賊兵離京城不遠；聖主令某統領禁軍護駕。軍馬點就多時，專候大駕起行。（正末引旦及楊國忠、高力士并太子，扈駕郭子儀、李光弼上）（正末云）寡人眼不識人，致令狂胡作亂。事出急迫，只得西行避兵。好傷感人也呵！（唱）

【雙調・新水令】五方旗❷招颭日邊霞，冷清清半張鑾駕。鞭倦裊，鐙慵踏；回

❶ 天顏喜怒得先聞：化用唐杜甫紫宸殿退朝口號中「天顏有喜近臣知」句。

❷ 五方旗：古時以青、赤、白、黑、黃五正色代表東、南、西、北、中五個方向的旗幟，故亦稱五色旗、五旗。常用於軍中。相傳為黃帝時所設。宋史禮志二十四：「殿前都指揮使王超執五方旗以節進退，又於兩陣中起候臺相望，使人執旗如臺上之數以相應。」詳宋高承事物紀原戎容兵械部。

首京華，步步放不下。

（帶云）寡人深居九重❸，怎知閭閻❹貧苦也。（唱）

【駐馬聽】隱隱天涯，剩水殘山❺五六搭；蕭蕭林下，壞垣破屋兩三家。秦川遠樹霧昏花，灞橋衰柳風瀟灑❻。煞不如碧窗紗，晨光閃爍鴛鴦瓦❼。

（眾扮父老上，云）聖上，鄉里百姓叩頭。（正末云）父老有何話說？（眾云）宮闕陛下家居❽，陵寢陛下祖墓，今捨此欲何之？（正末云）寡人不得已，暫避兵耳！（眾云）陛下

❸ 九重：九重宮之略語，指皇宮，亦指帝王。唐李邕賀章仇兼瓊克捷表：「遵奉九重，決勝千里。」這裏是玄宗自言深居宮禁。

❹ 閭閻：本指里巷之門，借指里巷，亦泛指民間與平民。史記李斯列傳：「李斯以閭閻歷諸侯，入事秦。」

❺ 剩水殘山：唐杜甫陪鄭廣文遊何將軍山林詩中有「剩水滄江破，殘山碣石開」句，後遂用剩水殘山形容江山社稷之殘破景象。

❻ 秦川遠樹霧昏花二句：秦川，今陝西西安一帶的古稱。唐杜牧華清宮三十韻有句云：「蜀峰橫慘澹，秦樹遠微茫。」灞橋，即灞陵橋，位於長安東。漢以來送客至此，折柳贈別，故又稱銷魂橋。此以灞橋衰柳喻離別銷魂之意。

❼ 鴛鴦瓦：指成對的瓦。唐白居易長恨歌：「鴛鴦瓦冷霜華重，翡翠衾寒誰與共？」

既不肯留，臣等願率子弟，從殿下東破賊，取長安。若殿下與至尊皆入蜀，使中原百姓誰為之主？（正末云）父老說的是。左右，宣我兒近前來者。（太子做見科）（正末云）眾父老說，中原無主，留你東還，統兵殺賊。就令郭子儀、李光弼為元帥，後軍分撥三千人，跟你回去。你聽我說。（唱）

【沉醉東風】父老每忠言聽納，教小儲君❾專任征伐。你也合分取些社稷憂，怎肯教別人把江山霸？將這顆傳國寶你行留下❿。（太子云）兒子只統兵殺賊，豈敢便登天位。（正末唱）**剿除了賊徒，救了國家，更避甚稱孤道寡。**

（太子云）既為國家重事，兒子領詔旨，率領郭子儀、李光弼回去也。（做辭駕科）（眾軍吶喊⓫不行科）（正末唱）

---

❽ 宮闕陛下家居：這裏連著四句及下文「陛下既不肯留」以下數句，均襲用資治通鑑至德元載中父老與唐明皇對話語。

❾ 儲君：猶太子。這裏指李亨，即後來的唐肅宗。

❿ 將這顆傳國寶句：史載：馬嵬楊妃死後，因百姓諫阻，唐玄宗曾命太子李亨率將士二千人東征迎敵。後李亨於靈武自立登基，改元至德，是為唐肅宗。玄宗不得已而派房琯、韋見素將玉印璽冊由蜀中送往靈武，正式傳位。這裏將李亨率軍東征事前移，乃是編劇的需要。傳國寶，據載唐王朝有傳國八璽，開元間改稱傳國璽。詳舊唐書玄宗本紀。

【慶東原】前軍疾行動，因甚不進發？（眾軍吶喊科）一行人覷了皆驚怕：嗔忿忿停鞭立馬，惡噷噷⑫披袍貫甲，明颩颩掣劍離匣⑬；齊臻臻雁行般排，密匝匝魚鱗似亞⑭。

（陳玄禮云）眾軍士說：國有奸邪，以致乘輿播遷；君側之禍不除，不能歛戢眾志⑮。

（正末云）這是怎麼說？（唱）

【步步嬌】寡人呵萬里烟塵，你也合嗟訝⑯；就勢兒把吾當謊⑰。國家又不曾虧

⑪眾軍吶喊：元曲選本無「吶喊」二字，此據脈望館本補。

⑫惡噷噷：又作「惡歆歆」，猶惡狠狠。元金人傑追韓信第一折：「則見他惡歆歆伏著龍泉尋左錯。」

⑬明颩颩掣劍離匣：明颩颩，亦作「明丟丟」。形容明亮、閃閃發光的樣子。颩，音ㄉㄧㄡ。掣劍離匣，謂將寶劍從鞘中拔出來，所謂劍拔弩張。

⑭齊臻臻雁行般排二句：言陳玄禮的御林軍威逼唐玄宗，陣式如臨大敵。齊臻臻，極言列隊森嚴，待命而動。雁行般排，元曲選本作「雁行班排」，此據脈望館本改。「般」與「似」對仗較為工穩。魚鱗似亞，是說軍士密集，如魚鱗一樣略無縫隙。亞，同「壓」。形容稠密擁擠。

⑮歛戢眾志：猶凝聚軍心。戢，音ㄐㄧˊ。此為聚集之意。

⑯也合嗟訝：也應該驚詫、感嘆。嗟訝，亦作「嗟呀」。是驚嘆、嘆息之意。

你半掐⑱，因甚軍心有爭差？問卿咱，為甚不說半句兒知心話？

（陳玄禮云）楊國忠專權誤國，今又與吐蕃使者交通⑲，似有反情。請誅之以謝天下。

（正末唱）

【沉醉東風】據著楊國忠合該萬剮⑳，鬥的個祿山賊亂了中華。是非寡人股肱難棄捨，更兼與妃子骨肉相牽挂。斷遣盡枉展污了五條刑法㉑，把他削了官職貶做

⑰ 就勢兒把吾當諕：乘危將我威逼、恫唬。就勢兒，這裏有乘機之意。吾當，天子自稱。

⑱ 半掐：喻數量甚微。掐，音ㄑㄧㄚ。本指拇指與另一指頭相對握著的數量。宋曾覿鵲橋仙詞：「溫柔伶俐總天然，沒半掐教人看破。」

⑲ 與吐蕃使者交通：唐玄宗幸蜀至馬嵬驛，適有吐蕃使者與楊國忠交談訴事，軍士大呼，謂楊國忠與吐蕃勾結謀反，遂殺之。詳見資治通鑑至德元載。吐蕃，亦作「土蕃」。西元七至九世紀，中國藏族所建政權，轄有青藏高原諸部，盛時勢力達到西域、河隴地區。其時與唐王朝經濟、文化交流至為密切。蕃，音ㄈㄢ。

⑳ 據著句：憑著（這個）就該處他剮刑。據著，猶憑著、仗著。元王實甫西廂記雜劇第二本第三折旦唱〔攪箏琶〕：「據著他舉將除賊，也消得家緣過活。」萬剮，即剮刑，古代一種分割人體的酷刑，亦稱作凌遲。因其施刑時一刀一刀地割，俗又稱千刀萬剮。後則演變為咒罵語。

㉑ 五條刑法：指隋、唐間五種刑法。宋以後歷代刑律皆依之。舊唐書刑法志：「有笞、杖、徒、流、死，為五刑。」亦可見隋書刑法志。

窮民也是陣殺。允不允陳玄禮將軍鑒察！

（眾軍怒喊科）（陳玄禮云）陛下，軍心已變，臣不能禁止。如之奈何？（正末云）隨你罷！（眾殺楊國忠科）（正末唱）

【雁兒落】數層槍密匝匝，一聲喊山摧塌。原來是陳將軍號令明，把楊國忠施行罷。

（眾軍仗劍擁上科）（正末唱）

【撥不斷】語喧嘩，鬧交雜；六軍㉒不進屯戈甲，把個馬嵬坡簇合沙㉓，又待做甚麼？唬的我戰欽欽遍體寒毛乍！吃緊的軍隨印轉㉔，將令威嚴；兵權在手，主弱臣強。卿呵，則你道波，寡人是怕也那不怕！

（云）楊國忠已殺了，您眾軍不進，卻為甚的？（陳玄禮云）國忠謀反，貴妃不宜供

㉒ 六軍：唐之禁軍。新唐書百官志四上：「左右龍武、左右神武、左右神策，號六軍。」按，舊唐書職官志三說法則與此不同，謂左右羽林而無左右神策。據清王鳴盛考據，「六軍之名乃取舊制書之，至中、晚唐神策軍權最重，故新志以後定者言之歟」。

㉓ 簇合沙：即簇合，亦即包圍之意。沙，語助詞，無義。

㉔ 吃緊的軍隨印轉：猶言真的是軍令如山。謂陳玄禮軍權在握，唐玄宗百般無奈。吃緊的，這裏是怎奈、無奈之意。軍隨印轉，宋元習用語，或作「兵隨印轉」。詳可見朱子語類卷九十三。

奉。願陛下割恩正法㉕。（正末唱）

【攪箏琶】高力士，道與陳玄禮休沒高下，豈可教妃子受刑罰！他現請受著皇后中宮㉖，兼踏著寡人御榻；他又無罪過，頗賢達；須不似周褒姒舉火取笑，紂妲己敲脛覷人㉗。早間把他個哥哥壞了，縱便有萬千不是，看寡人也合饒過他。一地胡拿㉘！

㉕ 國忠謀反三句：襲用資治通鑑至德元載原文。

㉖ 請受著皇后中宮：請受，皇族宗婦的俸祿，又習稱為脂粉錢，詳見宋洪邁容齋三筆卷十四。古代皇后亦稱「中宮」。

㉗ 須不似二句：是說貴妃並非禍難之根由。周褒姒舉火取笑，褒姒為周幽王的寵妃，因她常無笑容，幽王令舉烽火以博褒姒一笑。烽火起，諸侯皆來。後寇果至，再舉烽火，諸侯不至，終致亡國。事詳史記周本紀。紂妲己敲脛覷人，妲己為商紂王寵妃，她見冬日朝臣涉水赴朝，以為涉水者腿耐寒，竟要砍朝臣的腿看看究竟。尚書泰誓：「斫朝涉之脛。」孔穎達疏：「冬月見朝涉水者謂脛耐寒，斫而視之。」此二句顧曲齋本與酹江集本前均有「帶唱」二字，曲詞亦不同，作：「卿呵他不如呂太后般弄權，武則天似篡位。」顧曲齋本「呂太后」作「吳太后」，脈望館本又改為「胡太后」。

㉘ 一地胡拿：猶言恣意亂殺，一味胡來。

（高力士云）貴妃誠無罪，然將士已殺國忠，貴妃在陛下左右，豈敢自安！願陛下審思之：將士安則陛下安矣㉙。（正末唱）

【風入松】止不過鳳簫羯鼓間琵琶，忽剌剌板撒紅牙。假若更添個六幺花十八㉚，那些兒是敗國亡家！可知道陳後主遭著殺伐，皆因唱後庭花㉛。

（旦云）妾死不足惜，但主上之恩不曾報得。數年恩愛，教妾怎生割捨！（正末云）妃子，不濟事了！大軍心變，寡人自不能保。（唱）

㉙ 貴妃誠無罪六句：襲用資治通鑑至德元載原句。

㉚ 六幺花十八：元曲選本及脈望館本等，均脫「六」字。六幺花十八本為舞曲名，是大曲六幺中的一段。因於前後十八拍外加四花拍，以使音節變化，故名。案，六幺，亦作「綠腰」、「彔要」。宋王灼碧雞漫志卷三：「歐陽永叔詩：『貪看六幺花十八。』此曲一疊名花十八。前後十八拍，又花四拍，共二十二拍。」歐陽修詩不言「聽」而說「看」，可知其為舞曲。這裏「六」字據曲名補。

㉛ 可知道二句：陳後主，即南朝陳的亡國之君陳叔寶。後庭花，即玉樹後庭花，歌曲名，傳為陳後主所作。隋書五行志上：「禎明初，後主作新歌，詞甚哀怨，令後宮美人習而歌之。其辭曰：『玉樹後庭花，花開不復久。』時人以歌讖，此其不久兆也。」案，舊俗以為國祚興亡，關乎女樂，故有此語。

【胡十八】似恁地對咱，多應來變了卦。見俺留戀著他，龍泉㉜三尺手中拿；便不將他刺殺，也將他嚇殺㉝。更問甚陛下，大古是㉞知重俺帝王家！（陳玄禮云）願陛下早割恩正法。（旦云）陛下，怎生救妾身一救！（正末云）寡人怎生是好！（唱）

【落梅風】眼兒前不甫能栽起合歡樹㉟，恨不得手掌裏奇擎著解語花㊱，盡今生翠鸞同跨。怎生般愛他，看待他，忍下的教橫拖在馬嵬坡下。

㉜ 龍泉：寶劍名。漢王充論衡率性：「棠谿魚腸之屬，龍泉太阿之輩，其本鋌山中之恒鐵也。」後遂用以泛稱寶劍。一說本作「龍淵」，唐人避高祖諱，改稱龍泉。

㉝ 便不將他刺殺二句：脈望館本等作：「便賜死著沙，他一句話生殺。」

㉞ 大古是：大概是、多半是。這裏上下文意謂陳玄禮一句話可定貴妃生死，何用再問天子？即無可奈何之意。

㉟ 不甫能栽起合歡樹：不甫能，猶適纔、剛剛。合歡樹，即夜合樹，又稱馬纓花，豆科落葉喬木，其互生羽狀葉片，夜間成對相合，故稱。這裏是雙關語，謂剛剛定情結為夫婦。

㊱ 奇擎著解語花：奇擎，猶舉起。「奇」字為助音字，無實義。解語花，代指楊貴妃。唐玄宗嘗於太液池賞千葉白蓮，指楊妃對諸貴戚說：「爭如我解語花。」事詳五代王仁裕開元天寶遺事。元馬致遠〔四塊玉〕馬嵬坡：「睡海棠，春將晚，恨不得明皇掌中看。」用意與此彷彿。

（陳玄禮云）祿山反逆，皆因楊氏兄妹。若不正法以謝天下，禍變何時得消！望陛下乞與楊氏，使六軍馬踏其尸，方得凭信。（正末云）他如何受的！高力士，引妃子去佛堂中，令其自盡，然後教軍士驗看。（高力士云）有白練在此。（正末唱）

【殿前歡】他是朵嬌滴滴海棠花㊲，怎做得鬧荒荒亡國禍根芽！再不將曲彎彎遠山眉㊳兒畫，亂鬆鬆雲鬢堆鴉。怎下的磣磕磕㊴馬蹄兒臉上踏，則將細裊裊咽喉掐，早把條長挽挽㊵素白練安排下。他那裏一身受死，我痛煞煞獨力難加。

（高力士云）娘娘去罷，誤了軍行。（旦回望科，云）陛下好下的也！（正末云）卿休怨寡人。（唱）

【沽美酒】沒亂殺，怎救拔！沒奈何，怎留他？把死限俄延了多半霎，生各支勒

㊲ 嬌滴滴海棠花：唐玄宗於沉香亭召楊貴妃，適逢其醉酒未醒，及待侍兒扶掖而至，玄宗云：「是豈妃子醉邪？海棠睡未足耳！」事詳宋樂史楊太真外傳。

㊳ 遠山眉：形容女子秀美之眉。舊題漢劉歆西京雜記卷二：「文君姣好，眉色如望遠山，臉際常若芙蓉。」

㊴ 磣磕磕：亦作「磣可可」。淒慘可怕的樣子。元劉庭信〔折桂令〕憶別曲：「嬌滴滴一捻兒年紀，磣磕磕兩下裏紛飛。」

㊵ 長挽挽：元曲選本作「長攙攙」，此從脈望館本等。

殺，陳玄禮鬧交加。

（高力士引旦下）（正末唱）

【太平令】怎的教酪子裏㊶題名單罵，腦背後著武士金瓜㊷。教幾個魯莽的宮娥監押，休將那軟款的娘娘驚唬，你呀，見他，問咱，可憐見唐朝天下㊸！

（高力士持旦衣上，云）娘娘已賜死了。六軍進來看視。（陳玄禮率眾馬踐科）（正末做哭科，云）妃子，閃殺寡人也呵！（唱）

㊶ 酪子裏：平白無故地、無端地。案，「酪子裏」在古代戲曲及說唱文學中有多義，須視上下文揣摸其用義。元石君寶秋胡戲妻雜劇第三折：「他酪子裏丟抹娘一句，怎人模人樣，做出這等不君子待何如？」用法與此相同。

㊷ 金瓜：即瓜形錘，一種用於儀仗的長柄武器。元睢景臣〔般涉調・哨遍〕高祖還鄉套曲中有「甜瓜苦瓜黃金鍍」句，說的就是這種瓜形器仗。

㊸ 你呀四句：這是唐玄宗叮囑高力士和宮娥們的話，意為：你們見了貴妃，如她問我如何，就說請她可憐唐朝天下，讓她受委曲了。據楊太真外傳卷下所述，楊貴妃被賜死前曾涕泣曰：「願大家好住。妾誠負國恩，死無恨矣。」大家，指唐明皇。此即用其意。「你呀，見他，問咱」是「六字三韻語」，一如西廂記中的「忽聽、一聲、猛驚」和漢宮秋中的「大王、不當、（戀）王嬙」。又稱「短柱體」。

【三煞】不想你馬嵬坡下今朝化，沒指望長生殿裏當時話。

【太清歌】恨無情捲地狂風刮，可怎生偏吹落我御苑名花！想他魂斷天涯，作幾縷兒彩霞。天那！一個漢明妃遠把單于嫁，止不過泣西風淚濕胡笳㊹，幾曾見六軍廝踐踏，將一個尸首臥黃沙。

（正末做拿汗巾哭科，云）妃子不知那裏去了？止留下這個汗巾兒。好傷感人也！

（唱）

【二煞】誰收了錦纏聯窄面吳綾襪㊺，空感嘆這淚斑斕擁項鮫綃帕㊻。

㊹ 一個漢明妃二句：古代詩詞中用及昭君出塞事，多與琵琶聯繫起來，實為後人想像之辭。這裏是明妃胡笳，當由庾信昭君詞脫化而來。庾詩中有「方調琴上曲，變作胡笳聲」句。單于，指匈奴的呼韓邪單于。漢元帝時，王嬙（即昭君）出塞和親，遠嫁呼韓邪。單于為漢代時匈奴君王的稱號。

㊺ 誰收了句：相傳楊貴妃死後遺有錦襪一隻，見國史補等。吳綾襪，以吳地所產錦綾織就的精美絲襪。因吳地盛產絲織品，故稱。

㊻ 鮫綃帕：亦作「鮫鮹帕」。以傳說中鮫人所織之綃製成的汗巾。亦用作精致汗巾或手帕的美稱。鮫人是神話傳說中的人魚。晉張華博物志中說，「南海外有鮫人，水居如魚，不廢織績」，所織鮫綃，入水不濡。

【川撥棹】痛憐他不能夠水銀灌玉匣㊼，又沒甚彩嬪宮娃，拽布拖麻㊽，奠酒澆茶。只索淺土兒權時葬下，又不及選山陵將墓打。

【鴛鴦煞】黃埃散漫悲風颯㊾，碧雲黯淡斜陽下；一程程水綠山青，一步步劍嶺巴峽㊿。暢道感嘆情多，恓惶淚洒。早得升遐，休休卻是今生罷。這個不得已的官家(51)，哭上逍遙玉驄馬(52)。（同下）

㊼ 水銀灌玉匣：棺槨中灌水銀以保護屍體不腐，始於秦漢，唐人富貴權勢之家亦仍之。見貞觀政要儉約。唐白居易草茫茫詩寫秦皇墓，有「下流水銀象江海，上綴珠光作烏兔」句。玉匣，指玉製棺槨。

㊽ 又沒甚彩嬪宮娃二句：彩嬪宮娃，指侍奉嬪妃的使喚宮女。嬪，音義均同濫，說文謂過差也，故彩嬪宮娃當指後宮下人。宋樂史楊太真外傳：「從官嬪嫗百餘騎。秉燭如晝。」拽布拖麻，亦作「拖麻拽布」。指穿戴孝服。拖，或作「披」。元關漢卿詐妮子調風月雜劇第二折：「半賤體意重似拖麻拽布妻。」元武漢臣老生兒雜劇第一折：「但得一個生忿子拽布披麻扶靈柩，索強似那孝順女羅裙包土築墳臺。」

㊾ 黃埃散漫悲風颯：從唐白居易長恨歌中「黃埃散漫風蕭索」句點化而來。

㊿ 一程程水綠山青二句：馬嵬坡楊貴妃死後，唐玄宗曾在幸蜀途中對張野狐說：「此去劍門，鳥啼花落，水綠山青，無非助朕悲悼妃子之由也。」見宋樂史楊太真外傳卷下。

(51) 官家：古代對皇帝的稱呼。晉書石季龍載記上：「官家難稱，吾欲行冒頓之事，卿從我乎？」資治通鑑晉成帝咸康三年引此文，胡三省注云：「稱天子為官家，始見於此。西漢謂天子為縣官，東漢謂天子為國家，故兼而稱之。或曰五帝官天下，三王家天下，故兼稱之。」前蜀花蕊夫人宮詞：「明朝臘日官家出，隨駕先須點內人。」

52 逍遙玉驄馬：逍遙，指逍遙輦，一名逍遙子，為皇帝所乘車駕。宋四水潛夫（周密）武林舊事卷二燕射：「上乘逍遙輦出玉津園，教坊進念口號。」又同書卷七乾淳奉親：「今上皇帝會慶聖節……是日官裏大醉，申後宣逍遙子入便門昇輦還內。」玉驄馬，即玉花驄，為大宛名種馬。明皇雜錄上稱唐玄宗所乘駿馬為玉花驄。唐杜甫丹青引：「先帝天馬玉花驄，畫工如山貌不同。」此馬以其面白，又稱作玉面花驄。元查德卿〔普天樂〕別情曲：「玉花驄，青絲鞚。」

第四折

（高力士上云）❶自家高力士是也。自幼供奉內宮，蒙主上擡舉，加為六宮提督太監。往年主上悅楊氏容貌，命某取入宮中，寵愛無比，封為貴妃，賜號太真。後來逆胡稱兵，偽誅楊國忠為名，逼的主上幸蜀。行至中途，六軍不進，右龍武將軍陳玄禮奏過，殺了國忠，禍連貴妃。主上無可奈何，只得從之，縊死馬嵬驛中。今日賊平無事，主上還國，太子做了皇帝。主上養老，退居西宮❷，晝夜只是想貴妃娘娘。今日教某挂起真容，朝夕哭

---

❶ 高力士上云：在此句之前，脈望館本、顧曲齋本、繼志齋本均有一段唐肅宗李亨上場的過場戲：「（小駕一行上）寡人唐肅宗是也。自安祿山構亂，父皇幸蜀，駕至靈武，因父老之請，傳位於朕，征天下兵馬，東還破賊。安祿山被李豬兒刺死，郭子儀、李光弼等，擒滅安慶緒、史思明等，餘黨盡除，廓清海宇，重立唐朝天下。百官大臣，立朕為肅宗皇帝，迎父王還宮，居於西內。今早問安回來，無甚事，還後宮去來。（下）」元曲選本刪去，酹江集本從之，較為簡潔明瞭。

❷ 退居西宮：史載：唐肅宗至德二載（西元七五七年）冬，唐王朝收復兩京，遂迎玄宗還宮，居於

奠❸，不免收拾停當，在此伺候咱。（正末上云）寡人自幸蜀還京，太子破了逆賊，即了帝位。寡人退居西宮養老，每日只是思量妃子。教畫工畫了一軸真容供養著，每日相對，越增煩惱也呵！（做哭科）（唱）

【正宮・端正好】自從幸西川，還京兆，甚的是月夜花朝❹。這半年來白髮添多少，怎打疊愁容貌！

【么篇】瘦岩岩不避群臣笑，玉叉兒將畫軸高挑。荔枝花果香檀桌，目覷了傷懷抱。

（做看真容科）（唱）

【滾繡球】險些把我氣沖倒，身謾靠，把太真妃放聲高叫；叫不應雨淚嚎咷。這

興慶宮，尊為太上皇。上元元年（西元七六〇年）又遷西內甘露殿。

❸ 今日教某二句：唐玄宗幸蜀還都後，日夜思念楊貴妃，令圖貴妃像於別殿，「朝夕視之」。見舊唐書后妃傳。新唐書中更增以「必為鯁欷」句。

❹ 甚的是月夜花朝：乃言苦思貴妃，一切良辰美景都顧及不上了。甚的是，猶哪裏是、什麼是。這裏有從不曾、未曾有之意。月夜花朝，古代稱二月十五日為花朝，八月十五日為月夕。詳可見夢粱錄。舊唐書羅威傳中已有「花朝月夕」之語，宋詞中尤多見此語，可知唐宋間已習用，以作良辰美景之代用語。

待詔❺，手段高，畫的來沒半星兒差錯。雖然是快染能描，畫不出沉香亭畔迴鸞舞，花萼樓前上馬嬌❻，一段兒妖嬈。

【倘秀才】妃子呵，常記得千秋節華清宮宴樂❼，七夕會長生殿乞巧。誓願學連理枝比翼鳥❽，誰想你乘彩鳳，返丹霄，命夭。

（帶云）寡人越看，越添傷感，怎生是好！（唱）

❺ 待詔：即翰林待詔。據舊唐書職官志載，翰林院中有待詔之人，分詞學、經術、僧道、卜祝以及藝術等名目。此指宮廷畫師。按，新唐書楊貴妃傳載，貴妃死於馬嵬時，瘞於驛西道側。及於亂平玄宗還都時，乃「密遣中使者具棺槨它葬焉」。「啟瘞，故香囊猶在，中人以獻，帝視之，悽感流涕，命工貌妃於別殿，朝夕往，必為鯁欷」。

❻ 沉香亭畔迴鸞舞二句：沉香亭、花萼樓均在興慶宮內。迴鸞舞，六朝舞曲名。上馬嬌，圖畫名。此以舞與畫對舉。宋樓鑰題楊妃上馬圖：「金鞍欲上故徐徐，想見華清被寵初。」上馬嬌，當即楊妃上馬嬌圖。

❼ 常記得句：千秋節，又作「天長節」。據宋王明清揮麈錄卷一引明皇實錄：開元十七年八月誕日，「大置酒合樂，燕百僚於華萼樓下」。群臣上表以八月五日為千秋節。天寶七載，改稱天長節。華清宮宴樂，即指玄宗誕日慶典。這是對往昔繁華時光的憶念。

❽ 誓願學句：化用唐白居易長恨歌中「在天願作比翼鳥，在地願為連理枝」句。

【呆骨朵】寡人有心待蓋一座楊妃廟，爭奈無權柄謝位辭朝❾。則俺這孤辰限難熬❿，更打著離恨天最高⓫。在生時同衾枕，不能夠死後也同棺槨。誰承望馬嵬坡塵土中⓬，可惜把一朵海棠花零落了！

（帶云）一會兒身子困乏，且下這亭子去，閒行一會咱。（唱）

❾ 寡人有心二句：據舊唐書后妃傳載，唐玄宗自蜀還都後，曾想改葬楊貴妃，為禮部侍郎李揆所阻止。此二句暗用其事。

❿ 則俺這句：孤辰限，猶言孤獨的時刻。孤辰，星相家所稱之不吉之星，主孤寡。後漢書方術傳序：「孤虛之術。」注：「孤，謂六甲之孤辰，若甲子旬中戌亥無干，是為孤也。」限，指有生之時日。這裏是說大限之日到來之前，怕是都要過孤獨淒愴的日子了。

⓫ 離恨天最高：佛教謂須彌山正中有一天，並及四方八部共三十三天。民間傳說三十三天中離恨天為最高者。後用以比喻男女生離，抱恨終生。元王實甫西廂記雜劇第一本第一折：「這的是兜率宮，休猜做了離恨天。」兜率天為欲界六天的第四層，處兜率天中，尚可期會。倘置於離恨天，就永無再相期相遇之日了。白居易祭中書韋相公文：「靈鷲山中，既同前會，兜率天上，豈無後期。」

⓬ 馬嵬坡塵土中：據新唐書所載，陳玄禮馬嵬兵變時，既討誅了楊國忠，又以楊貴妃為「禍本」，請誅之，否則六軍不發。「帝不得已，與妃訣，引而去，縊路祠下，裹尸以紫茵，瘞道側，年三十八」。唐白居易長恨歌：「馬嵬坡下泥土中，不見玉顏空死處。」

【白鶴子】挪身離殿宇，信步下亭皐；見楊柳裊翠藍絲，芙蓉拆⑬胭脂蕚。

【么】見芙蓉懷媚臉，遇楊柳憶纖腰⑭。依舊的兩般兒點綴上陽宮⑮，他管一靈兒瀟灑長安道。

【么】常記得碧梧桐陰下立，紅牙筯手中敲。他笑整縷金衣⑯，舞按霓裳樂。

【么】到如今翠盤中荒草滿，芳樹下暗香消。空對井梧陰，不見傾城貌。

（做嘆科，云）寡人也怕閒行，不如回去來。（唱）

【倘秀才】本待閒散心追歡取樂，倒惹的感舊恨天荒地老⑰。怏怏歸來鳳幃悄，

---

⑬ 芙蓉拆：即芙蓉花開。拆，綻開。

⑭ 見芙蓉懷媚臉二句：由唐白居易長恨歌中「歸來池苑皆依舊，太液芙蓉未央柳，芙蓉如面柳如眉，對此如何不淚垂」脫化而來。

⑮ 上陽宮：唐宮殿名。本在東都洛陽禁中，此泛用以指西內宮殿。

⑯ 縷金衣：即金縷衣。本指以金絲編織的衣服。南朝劉孝威擬古應教詩：「青鋪綠瑣琉璃扉，瓊筵玉笥金縷衣。」亦泛指嫩黃色衣服。自唐人有金縷曲後，便習指舞衣。唐杜牧杜秋娘詩：「秋持玉斝醉，與唱金縷衣。」

⑰ 天荒地老：唐李賀致酒行：「吾聞馬周昔作新豐客，天荒地老無人識。」這裏是形容淒涼情境，彷彿天地也荒涼衰老了。

甚法兒、捱今宵？懊惱！

（帶云）回到這寢殿中，一弄兒⑱助人愁也。（唱）

【芙蓉花】淡氤氳篆烟裊⑲，昏慘刺銀燈照；玉漏迢迢⑳，纔是初更報。暗覷清霄，盼夢裏他來到。卻不道口是心苗㉑，不住的頻頻叫。

（帶云）不覺一陣昏迷上來，寡人試睡些兒。（唱）

【伴讀書】一會家心焦躁，四壁廂秋蟲鬧。忽見掀簾西風惡，遙觀滿地陰雲罩。

⑱ 一弄兒：猶一味地、純然是。元無名氏漁樵記雜劇第三折：「一弄兒多豪俊，擺列著骨朵衙仗，水罐銀盆。」

⑲ 淡氤氳篆烟裊：形容燻籠中淡淡的煙霧輕輕瀰散。氤氳，又作「絪縕」。形容氣或光色混合動蕩的樣子。篆烟，形容燻籠中煙氣輕輕飄動，有如篆文的筆劃。宋秦觀海棠春詞：「寶篆沉烟裊。」篆烟，元曲選本作「串煙」，此從脈望館本硃筆改。

⑳ 玉漏迢迢：謂夜色漫長。玉漏，即漏箭，古計時器皿，亦稱更漏、壺漏等，以刻有標識的箭形計時物置於銅壺中，滴水入壺，視刻度計時。五代後蜀鹿虔扆思越人詞：「翠屏欹，銀燭背，漏殘清夜迢迢。」

㉑ 口是心苗：謂發自內心的話語。元王實甫西廂記雜劇第一本第四折：「愁種心苗，情思我猜著。」用法與此相類。

俺這裏披衣悶把幃屏靠，業眼難交㉒。

【笑和尚】原來是滴溜溜遶閒階敗葉飄，疏剌剌落葉被西風掃㉓，忽魯魯風閃得銀燈爆。廝琅琅鳴殿鐸，撲簌簌動朱箔，吉丁當玉馬兒向檐間鬧㉔。

（做睡科，唱）

【倘秀才】悶打頦㉕和衣臥倒，軟兀剌方纔睡著。（旦上云）妾身貴妃是也。今日殿

㉒ 業眼難交：猶言造孽的眼睛難以合上，是說難以入睡。業，本為佛家語，佛教以身、口、意之所做、所言和所想而造成的善惡，稱作「三業」。通常用業字，則偏指惡，故俗又以業通孽。此處脈望館等四本皆作「業眼難熬」。

㉓ 疏剌剌句：「疏剌剌」下各本均有一個「刷」字，因此句與前後句的句式相同，三句構成鼎足對式，故「刷」字顯為衍字。大約是由於「刷」與「剌」字形近所造成的。此從王季思主編全元戲曲本，逕刪。

㉔ 廝琅琅鳴殿鐸三句：廝琅琅、撲簌簌、吉丁當均為象聲詞。殿鐸，即鐵馬，是懸於簷下的風鈴，風吹則發聲。朱箔，即珠簾，用珍珠綴成或飾有珍珠的簾子。玉馬兒，屋簷間懸掛的玉片，風吹動時撞擊而發聲。元劉庭信〔南呂・一枝花〕秋景怨別套曲：「畫簷間玎玎璫璫追魂的玉馬，戍樓上點點滴滴索命的銅壺。」按，鐵馬、玉馬其源同也。相傳隋煬帝后臨池觀竹，既枯，后每思其響，夜不能寢。帝為作薄玉龍數十枚，以縷線懸於簷外，夜中因風相擊，聽之與竹無異。民間效之，不敢用龍，以竹馬代之。今之鐵馬，是其遺制。見唐馮贄煙花記響玉。

中設宴。宮娥，請主上赴席咱。（正末唱）忽見青衣㉖走來報，道太真妃、將寡人邀，宴樂。

（正末見旦科，云）妃子，你在那裏來？（旦云）今日長生殿排宴，請主上赴席。（正末云）吩咐梨園子弟齊備著。（旦下）（正末做驚醒科，云）呀，原來是一夢！分明夢見妃子，卻又不見了。（唱）

【雙鴛鴦】㉗斜軃翠鸞翹，渾一似出浴的舊風標，映著雲屏一半兒嬌㉘。好夢將

㉕ 悶打頦：即愁悶地。打頦，亦作「答孩」、「打孩」。均為口語語綴，無義。下句「軟兀剌」亦同，謂疲軟之意，兀剌與打頦相對，也是語助詞，無實義。

㉖ 青衣：古代地位低下者皆著青衣，婢女亦多穿青衣，因以作奴僕的代稱。此指侍奉帝、妃的宮女。

㉗ 雙鴛鴦：此曲脈望館本硃筆在句首前增十九字：「語音清，眉顰翠黛，雲鬟不斂整，寶髻斜偏亂鬆鬆。」

㉘ 渾一似二句：謂楊妃體貌風姿一如當年華清池出浴之時。按，唐白居易長恨歌及陳鴻長恨歌傳均描寫了賜浴華清池湯泉事，宋周昉繪有楊妃出浴圖（見宣和畫譜卷六），其形象為半掩雲屏，此二句參用之。又，唐李商隱為有：「為有雲屏無限嬌，鳳城寒盡怕春宵。」清馮浩箋：「西京雜記：昭儀上趙皇后物有雲母屏風、琉璃屏風。張協七命：雲屏爛汗。」

成還驚覺，半襟情淚濕鮫綃。

【蠻姑兒】懊惱，喑約。驚我來的又不是樓頭過雁、砌下寒蛩、檐前玉馬、架上金雞，是兀那窗兒外梧桐上雨瀟瀟。一聲聲灑殘葉，一點點滴寒梢㉙；會把愁人定虐㉚。

【滾繡球】這雨呵，又不是救旱苗，潤枯草，灑開花蕚；誰望道秋雨如膏。向青翠條，碧玉梢，碎聲兒畢剝㉛，增百十倍歇和芭蕉㉜。子管裏㉝珠連玉散飄千顆，平白地瀽甕翻盆下一宵㉞。惹的人心焦！

㉙ 是兀那三句：此三句化用唐溫庭筠更漏子詞句：「梧桐樹，三更雨，不道離情正苦。一葉葉，一聲聲，空堦滴到明。」是兀那，猶云是那，可正是。

㉚ 定虐：意同「定害」，即打擾、煩擾的意思。

㉛ 畢剝：象聲詞，這裏是形容雨滴敲擊梧桐樹葉之聲。原本作「㓖剝」，象聲詞無定字，亦可作「碧卜」、「劈潑」等。

㉜ 歇和芭蕉：指雨滴芭蕉聲音斷斷續續，與雨打梧桐葉聲音相配合，此起彼伏。歇和，謂聲音相和。

㉝ 子管裏：亦作「則管裏」。謂只管、一味地。這裏是說雨下得不停，無休無歇。

㉞ 平白地句：謂沒來由地雨下得如此之大，以至甕滿盆翻。瀽，音ㄐㄧㄢˇ，潑灑也。元張國賓玉鏡

【叨叨令】一會價緊呵，似玉盤中萬顆珍珠落；一會價響呵，似玳筵前幾簇笙歌鬧；一會價清呵，似翠岩頭一派寒泉瀑；一會價猛呵，似綉旗下數面征鼙操㉟。兀的不惱殺人也麼哥，兀的不惱殺人也麼哥！則被他諸般兒雨聲相聒噪。

【倘秀才】這雨一陣陣打梧桐葉凋，一點點滴人心碎了。枉著金井銀床㊱緊圍遶，只好把潑枝葉、做柴燒，鋸倒。

（帶云）當初妃子舞翠盤時，在此樹下；寡人與妃子盟誓時，亦對此樹。今日夢境相尋，又被他驚覺了。（唱）

【滚綉球】長生殿那一宵，轉迴廊，說誓約，不合對梧桐并肩斜靠，儘言詞絮絮叨叨。沉香亭那一朝，按霓裳舞六幺㊲，紅牙筯擊成腔調，亂宮商鬧鬧吵吵。是兀那當時歡會栽排下，今日凄涼廝湊著㊳，暗地量度。

臺第三折：「便瀽到一兩甕香醪在地，澆到百十個公服朝衣。」

㉟ 一會價緊呵八句：此以各種不同聲響比擬雨聲，似受唐白居易琵琶行中以弦聲比擬急雨，乃是用「通感」手法。操，脈望館本作「噪」，顧曲齋本、繼志齋本、酹江集本皆作「躁」。

㊱ 金井銀床：唐人詩中往往以金井銀床與梧桐秋葉對舉。如李白贈別舍人弟臺卿之江南：「梧桐落金井，一葉飛銀床。」床，原本作「牀」。

㊲ 六幺：亦作「綠腰」、「錄要」。唐大曲名。詳見宋王灼碧雞漫志卷三。

（高力士云）主上，這諸樣草木皆有雨聲，豈獨梧桐？（正末云）你那裏知道，我說與你聽者。（唱）

【三煞】潤濛濛楊柳雨，淒淒院宇侵簾幕。細絲絲梅子雨，裝點江干滿樓閣。杏花雨紅濕闌干，梨花雨玉容寂寞39；荷花雨翠蓋翩翻，豆花雨綠葉蕭條。都不似你驚魂破夢，助恨添愁，徹夜連宵。莫不是水仙弄嬌，蘸楊柳灑風飄40？

【二煞】味味41似噴泉瑞獸臨雙沼，刷刷似食葉春蠶散滿箔。亂灑瓊階，水傳宮漏；飛上雕檐，酒滴新槽。直下的更殘漏斷，枕冷衾寒，燭滅香消。可知道夏天不覺，把高鳳麥來漂42。

---

38 是兀那二句：謂當年的歡娛種下了今日淒涼的種子。栽排，猶言種下、埋下。廝湊著，猶云正應著。湊，原本作「輳」。脈望館等四本皆作「廝覓著」。

39 杏花雨紅濕闌干二句：唐白居易長恨歌：「玉容寂寞淚闌干，梨花一枝春帶雨。」此雖從白詩化用而來，卻是泛用，非指楊貴妃也。

40 莫不是水仙弄嬌二句：這裏的「水仙」指的是觀音菩薩，俗傳觀音手持淨瓶，以楊柳枝蘸露灑之。敦煌畫卷已有此法像。灑字元曲選本和王季思全元戲曲本均作「洒」，視上下文逕改。

41 味味：象聲詞，亦可作「床床」。此形容雨急風驟，噴薄出聲。味，音ㄔㄨㄤˊ。

42 把高鳳麥來漂：後漢高鳳少年時惜時好讀。妻子下田耕作，曝麥於庭，叫他吆雞勿食麥粒。適天

【黃鍾煞】順西風低把紗窗哨，送寒氣頻將綉戶敲。莫不是天故將人愁悶攪㊸？前度鈴聲響棧道㊹，似花奴羯鼓調㊺，如伯牙水仙操㊻。洗黃花潤籬落，清蒼苔倒牆角；渲湖山漱石竅，浸枯荷溢池沼；沾殘蝶粉漸消，灑流螢焰不著；綠窗前促織叫，聲相近雁影高；催鄰砧處處搗，助新涼分外早。斟量來這一宵，雨和人

降大雨，鳳持竿誦讀，不覺潦水沖走了麥子。事見後漢書逸民傳。

㊸ 莫不是句：脈望館本等四本皆作「莫不是噀酒欒巴殿閣」。

㊹ 前度鈴聲響棧道：據明皇雜錄等所載，玄宗入蜀經斜谷，適逢霖雨彌旬，聞棧道鈴聲，問於黃翻綽：此何聲語？對曰：謂陛下特郎當。因仿其聲作雨淋鈴曲。還都後，命梨園張野狐以篳篥奏此曲，其聲哀怨，四顧淒然。宋王灼碧雞漫志卷五雨淋鈴條謂：「今劍州梓桐縣地名上亭，有古今詩刻，記明皇聞鈴之地，庶幾是也。」案，此句「前」字底本闕，據脈望館本等四本補。

㊺ 似花奴羯鼓調：羯鼓錄有語云：「頭如青山峰，手如白雨點，此即羯鼓之能事也。」此僅取「白雨點」字面，以形容急風驟雨之勢。

㊻ 如伯牙水仙操：與上句相對，以琴聲形容雨聲。伯牙，傳為春秋時音樂家，精於琴藝。水仙操，琴曲名。傳為伯牙所作。琴苑要錄謂伯牙於東海蓬萊山上，聞海水汩沒，山林窅窅并群鳥悲鳴，乃製成水仙操琴曲。案，列子湯問：「伯牙游於泰山之陰，卒逢暴雨，止於巖下，心悲，乃援琴而鼓之，初為霖雨之操，更造崩山之音。」此與本折一路寫雨較為切合。接此句下脈望館本等四本均增「灑迴廊嫩竹梢，潤堦前百草苗」二句。

緊廝熬。伴銅壺點點敲，雨更多淚不少。雨濕寒梢，淚染龍袍；不肯相饒，共隔著一樹梧桐直滴到曉47。

題目　安祿山反叛兵戈舉
　　　陳玄禮拆散鸞凰侶
正名　楊貴妃曉日荔枝香
　　　唐明皇秋夜梧桐雨48

47 共隔著句：此句脈望館本等三本作「簾映梧桐上下到曉」。酹江集本與元曲選本同。

48 題目六句：脈望館本、繼志齋本題目作「高力士離合鸞鳳侶，安祿山反叛兵戈舉」。正名則與底本同。顧曲齋本、酹江集本正名與脈望館本同，但置於楔子之前。

附錄一

梧桐雨雜劇之本事

舊唐書卷五十一后妃傳上玄宗楊貴妃

天寶中，范陽節度使安祿山大立邊功，上深寵之。祿山來朝，帝令貴妃姊妹與祿山結為兄弟。祿山母事貴妃，每宴賜錫賚稠沓。及祿山叛，露檄數國忠之罪。河北盜起，玄宗以皇太子為天下兵馬元帥，監撫軍國事。國忠大懼，諸楊聚哭，貴妃銜土陳情，帝遂不行內禪。及潼關失守，從幸至馬嵬，禁軍大將陳玄禮密啟太子，誅國忠父子。既而四軍不散，玄宗遣力士宣問，對曰：「賊本尚在。」蓋指貴妃也。力士復奏，帝不獲已，與妃訣，遂縊死於佛室。時年三十八，瘞於驛西道側。

上皇自蜀還，令中使祭奠，詔令改葬。禮部侍郎李揆曰：「龍武將士誅國忠，以其負國兆亂。今改葬故妃，恐將士疑懼，葬禮未可行。」乃止，上皇密令中使改葬於他所。初瘞時以紫褥裹之，肌膚已壞，而香囊仍在。內官以獻，上皇視之悽惋，乃令圖其形於別殿，朝夕視之。

長恨歌　白居易撰　據白氏長慶集卷十二

漢皇重色思傾國，御宇多年求不得。楊家有女初長成，養在深閨人未識。天生麗質難自棄，一朝選在君王側。回眸一笑百媚生，六宮粉黛無顏色。春寒賜浴華清池，溫泉水滑洗凝脂，侍兒扶起嬌無力，始是新承恩澤時。雲鬢花顏金步搖，芙蓉帳暖度春宵。春宵苦短日高起，從此君王不早朝。承歡侍宴無閒暇，春從春遊夜專夜；後宮佳麗三千人，三千寵愛在一身，金屋粧成嬌侍夜，玉樓宴罷醉和春。姊妹弟兄皆列土，可憐光彩生門戶；遂令天下父母心，不重生男重生女。驪宮高處入青雲，仙樂風飄處處聞。緩歌慢舞凝絲竹，盡日君王看不足。漁陽鞞鼓動地來，驚破霓裳羽衣曲。九重城闕煙塵生，千乘萬騎西南行，翠華搖搖行復止，西出都門百餘里，六軍不發無奈何，宛轉娥眉馬前死。花鈿委地無人收，翠翹金雀玉搔頭，君王掩面救不得，回看血淚相和流。黃埃散漫風蕭索，雲棧縈紆登劍閣，峨眉山下少人行，旌旗無光日色薄。蜀江水碧蜀山青，聖主朝朝暮暮情，行宮見月傷心色，夜雨聞鈴腸斷聲。天旋日轉回龍馭，到此躊躇不能去，馬嵬坡下泥土中，不見玉顏空死處。君臣相顧盡霑衣，東望都門信馬歸。歸來池苑皆依舊，太液芙蓉未央柳，芙蓉如面柳如眉，對此如何不淚垂？春風桃李花開夜，秋雨梧桐葉落時，西宮南苑多秋草，宮葉滿階紅不掃。梨園弟子白髮新，椒房阿監青娥老。夕殿螢飛思悄然，孤燈挑盡未成眠，遲遲鐘漏初長夜，耿耿星河欲曙天。鴛鴦瓦冷霜華重，翡翠衾寒誰與共？悠悠生死別經年，魂魄不曾來入夢。臨邛道士鴻都客，能以精誠致魂魄，為感君王展轉思，遂教方士慇懃覓。排空馭氣奔如電，昇天入地求之遍，上窮碧落下黃泉，兩處茫茫皆不見。忽聞海上有仙山，山在虛無縹渺間。樓殿玲瓏五雲起，其中綽約多仙子。中有一人字太真，雪膚花貌參差是。金闕西廂叩玉扃，轉教小玉報雙成。聞道漢家天子使，九華帳裏夢魂驚。攬衣推枕起徘徊，珠箔銀屏迤邐開。雲鬢半偏新睡覺，花冠不整下堂來。風吹仙袂飄飄舉，猶似霓裳羽衣舞。玉容寂寞淚闌干，梨花一枝春帶雨。含情凝睇謝君王，一別音容兩渺茫，昭陽殿裏恩愛絕，蓬萊宮中日月長。回頭下望人寰處，不見長安見塵霧。唯將舊物表深情，鈿合金釵寄將去。釵留一股合一扇，釵擘黃金合分鈿。但令心似金鈿堅，天上人間會相見。臨別慇懃重寄詞，詞中有誓兩心知，七月七日長生殿，夜半無人私語時：「在天願作比翼鳥，在地願為連理枝。」天長地久有時盡，此恨綿綿無絕期！

長恨歌傳　陳鴻撰　據文苑英華七百九十四校錄

開元中，泰階平，四海無事。玄宗在位歲久，勌於旰食宵衣，政無大小，始委於右丞相，稍深居遊宴，以聲色自娛。先是元獻皇后、武淑妃皆有寵，相次即世。宮中雖良家子千數，無可悅目者。上心忽忽不樂。時每歲十月，駕幸華清宮，內外命婦，熠燿景從，浴日餘波，賜以湯沐，春風靈液，澹蕩其間。上心油然，若有所遇，顧左右前後，粉色如土。詔高力士潛搜外宮，得弘農楊玄琰女於壽邸，既笄矣。鬢髮膩理，纖穠中度，舉止閑冶，如漢武帝李夫人。別疏湯泉，詔賜藻瑩，既出水，體弱力微，若不任羅綺。光彩煥發，轉動照人。上甚悅。進見之日，奏霓裳羽衣曲以導之；定情之夕，授金釵鈿合以固之。又命戴步搖，垂金璫。明年，冊為貴妃，半后服用。繇是治其容，敏其詞，婉孌萬態，以中上意。上益嬖焉。時省風九州，泥金五嶽，驪山雪夜，上陽春朝，與上行同輦，止同室，宴專席，寢專房。雖有三夫人、九嬪、二十七世婦、八十一御妻，暨後宮才人、樂府妓女，使天子無顧盼意。自是六宮無復進幸者。非徒殊豔尤態致是，蓋才智明慧，善巧便佞，先意希旨，有不可形容者。叔父昆弟皆列位清貴，爵為通侯。姊妹封國夫人，富埒王宮，車服邸第，與大長公主侔矣。而恩澤勢力，則又過之，出入禁門不問，京師長吏為之側目，故當時謠詠有云：「生女勿悲酸，生男勿喜歡。」又曰：「男不封侯女作妃，看女卻為門上楣。」其為人心羨慕如此。天寶末，兄國忠盜丞相位，愚弄國柄。及安祿山引兵嚮闕，以討楊氏為詞。潼關不守，翠華南幸，出咸陽，道次馬嵬亭。六軍徘徊，持戟不進。從官郎吏伏上馬前，請誅晁錯以謝天下。國忠奉氂纓盤水，死於道周。左右之意未快。上問之。當時敢言者，請以貴妃塞天下怨。上知不免，而不忍見其死，反袂掩面，使牽之而去。倉皇展轉，竟就死於尺組之下。既而玄宗狩成都，肅宗受禪靈武。明年大赦改元，大駕還都。尊玄宗為太上皇，就養南宮。自南宮遷於西內。時移事去，樂盡悲來。每至春之日，冬之夜，池蓮夏開，宮槐秋落。

梨園弟子，玉琯發音，聞霓裳羽衣一聲，則天顏不怡，左右歔欷。三載一意，其念不衰。求之夢魂，杳不能得。適有道士自蜀來，知上心念楊妃如是，自言有李少君之術。玄宗大喜，命致其神。方士乃竭其術以索之，不至。又能遊神馭氣，出天界，沒地府以求之，不見。又旁求四虛上下，東極天海，跨蓬壺。見最高仙山，上多樓闕，西廂下有洞戶，東嚮，闔其門，署曰「玉妃太真院」。方士抽簪扣扉，有雙鬟童女，出應其門。方士造次未及言，而雙鬟復入。俄有碧衣侍女又至，詰其所從。方士因稱唐天子使者，且致其命。碧衣云：「玉妃方寢，請少待之。」於時雲海沈沈，洞天日曉，瓊戶重闔，悄然無聲。方士屏息斂足，拱手門下。久之，而碧衣延入，且曰：「玉妃出。」見一人冠金蓮，披紫綃，珮紅玉，曳鳳舄，左右侍者七八人，揖方士，問「皇帝安否」？次問天寶十四載已還事。言訖，憫然。指碧衣取金釵鈿合，各析其半，授使者曰：「為我謝太上皇，謹獻是物，尋舊好也。」方士受辭與信，將行，色有不足。玉妃固徵其意。復前跪致詞：「請當時一事，不為他人聞者，驗於太上皇，不然，恐鈿合金釵，負新垣平之詐也。」玉妃茫然退立，若有所思，徐而言曰：「昔天寶十載，侍輦避暑於驪山宮。秋七月，牽牛織女相見之夕，秦人風俗，是夜張錦繡，陳飲食，樹瓜華，焚香於庭，號為乞巧。宮掖間尤尚之。時夜殆半，休侍衛於東西廂，獨侍上。上凭肩而立，因仰天感牛女事，密相誓心，願世世為夫婦。言畢，執手各嗚咽。此獨君王知之耳。」因自悲曰：「由此一念，又不得居此。復墮下界，且結後緣。或為天，或為人，決再相見，好合如舊。」因言：「太上皇亦不久人間，幸惟自安，無自苦耳。」使者還奏太上皇，皇心震悼，日日不豫。其年夏四月，南宮宴駕。元和元年冬十二月，太原白樂天自校書郎尉于盩厔。鴻與瑯琊王質夫家於是邑，暇日相攜遊仙遊寺，話及此事，相與感歎。質夫舉酒於樂天前曰：「夫希代之事，非遇出世之才潤色之，則與時消沒，不聞於世。樂天深於詩，多於情者也。試為歌之。如何？」樂天因為長恨歌。意者不但感其事，亦欲懲尤物，窒亂階，垂於將來者也。歌既成，使鴻傳焉。世所不聞者，予非開元遺民，不得知。世所知者，有玄宗本紀在。今但傳長恨歌云爾。

楊太真外傳卷上　宋史官樂史撰

楊貴妃小字玉環，弘農華陰人也。後徙居蒲州永樂之獨頭村。高祖令本，金州刺史；父玄琰，蜀州司戶。貴妃生於蜀。嘗誤墜池中，後人呼為落妃池。池在導江縣前。（亦如王昭君，生於峽州，今有昭君村；綠珠生於白州，今有綠珠江。）妃早孤，養於叔父河南府士曹玄璬家。開元二十二年十一月，歸於壽邸。二十八年十月，玄宗幸溫泉宮（自天寶六載十月，復改為華清宮。）使高力士取楊氏女於壽邸，度為女道士，號太真，住內太真宮。天寶四載七月，冊左衛中郎將韋昭訓女配壽邸。是月，於鳳凰園冊太真宮女道士楊氏為貴妃，半后服用。進見之日，奏霓裳羽衣曲。（霓裳羽衣曲者，是玄宗登三鄉驛，望女几山所作也。故劉禹錫詩有云：「伏覩玄宗皇帝望女几山詩，小臣斐然有感：開元天子萬事足，惟惜當時光景促。三鄉驛上望仙山，歸作霓裳羽衣曲。仙心從此在瑤池，三清八景相追隨。天上忽乘白雲去，世間空有秋風詞。」又逸史云：「羅公遠天寶初侍玄宗，八月十五日夜，宮中翫月，曰：『陛下能從臣月中游乎？』乃取一枝桂，向空擲之，化為一橋，其色如銀。請上同登，約行數十里，遂至大城闕。公遠曰：『此月宮也。』有仙女數百，素練寬衣，舞於廣庭。上前問曰：『此何曲也？』曰：『霓裳羽衣也。』上密記其聲調，遂回橋，卻顧，隨步而滅。旦諭伶官，象其聲調，作霓裳羽衣曲。」以二說不同，乃備錄於此。）是夕，授金釵鈿合。上又自執麗水鎮紫庫磨金琢成步搖，至粧閤，親與插鬢。上喜甚，謂後宮人曰：「朕得楊貴妃，如得至寶也。」乃製曲子曰得寶子，又曰得鞛（方孔反）子。先是，開元初，玄宗有武惠妃、王皇后。后無子。妃生子，又美麗，寵傾後宮。至十三年，皇后廢，妃嬪無得與惠妃比。二十一年十一月，惠妃即世。後庭雖有良家子，無悅上目者，上心淒然。至是得貴妃，又寵甚於惠妃。有姊三人，皆豐碩修整，工於謔浪，巧會旨趣，每入宮中，移晷方出。宮中呼貴妃為娘子，禮數同於皇后。冊妃日贈其父玄琰濟陰太守，母李氏隴西郡夫人。又贈玄琰兵部尚書，李氏涼國夫人。叔玄珪為光祿卿銀青光祿大夫，再從兄釗拜為侍郎，兼數使。兄銛又居朝列。堂弟錡尚太華公主。是武惠妃生，以母，見遇過於諸女，賜第連於宮禁。自此楊氏權傾天下，每有囑請，臺省府縣，若奉詔勅。四方奇貨，僮僕，駞馬，日輸其門。時安祿山為范陽節度，恩遇最深，上呼之為兒。嘗於便殿與貴妃同宴樂，祿山每就坐，不拜上而拜貴妃。上顧而問之：「胡不拜我而拜妃子，意者何也？」祿山奏云：「胡家不知其父，只知其母。」上笑而赦之。又命楊銛以下，約祿山為兄弟姊妹，往來必相宴餞，初雖結義頗深，後亦權敵，不叶。五載七月，妃子以妬悍忤旨。乘單車，令高力士送還楊銛宅。及亭午，上思之不食，舉動發怒。力士探旨，奏請載還，送院中宮人衣物及司農米麵酒饌百餘車。諸姊及銛初則懼禍聚哭，及恩賜浸廣，御饌兼至，乃稍寬慰。妃初出，上無聊，中官趨過者，或笞撻之。至有驚怖而亡者。力士因請就召，既夜，遂開安興坊，從太華宅以入。及曉，玄宗見之內殿，大悅。貴妃拜泣謝過。因召兩市雜戲以娛貴妃。貴妃諸姊進食作樂。自茲恩遇日深，後宮無得進幸矣。七載，加釗御史大夫，權京兆尹，賜名國忠。封大姨為韓國夫人，三姨為虢國夫人，八姨為秦國夫人。同日拜命，皆月給錢十萬，為脂粉之資。然虢國不施粧粉，自衒美豔，常素面朝天。當時杜甫有詩云：「虢國夫人承主恩，平明上馬入宮門，卻嫌脂粉涴顏色，淡掃蛾眉朝至尊。」又賜虢國照夜璣，秦國七葉冠，國忠鏁子帳，蓋希代之珍，其恩寵如此。銛授銀青光祿大夫鴻臚卿，將列棨戟，特授上柱國，一日三詔。與國忠五家於宣陽里，甲第洞開，僭擬宮掖，車馬僕從，照耀京邑。遞相誇尚，每造一堂，費逾千萬計，見制度宏壯於己者，則毀之復造。土木之工，不捨晝夜。上賜御食，及外方進獻，皆頒賜五宅。開元已來，豪貴榮盛，未之比也。上起動必與貴妃同行，將乘馬，則力士執轡授鞭。宮中掌貴妃刺繡織錦七百人，雕鏤器物又數百人，供生日及時節慶。續命楊益往嶺南，長吏日求新奇以進奉。嶺南節度張九章，廣陵長史王翼，以端午進貴妃珍玩衣服，異於他郡，九章加銀青光祿大夫，翼擢為戶部侍郎。九載二月，上舊置五王帳，長枕大被，與兄弟共處其間。妃子無何竊寧王紫玉笛吹。故詩人張祐詩云：「梨花靜院無人見。閑把寧王玉笛吹。」因此又忤旨，放出。時吉溫多與中貴人善，國忠懼，請計於溫。遂入奏曰：「妃，婦人，無智識。有忤聖顏，罪當死。既嘗蒙恩寵，只合死於宮中。陛下何惜一席之地，使其就戮？安忍取辱於外乎？」上曰：「朕用卿，蓋不緣妃也。」初，令中使張韜光送妃至宅，妃泣謂韜光曰：「請奏：妾罪合萬死。衣服之外，皆聖恩所賜。惟髮膚是父母所生。今當即死，無以謝上。」乃引刀剪其髮一繚，附韜光以獻。妃既出，上憮然。至是，韜光以髮搭於肩上以奏。上大驚惋，遽使力士就召以歸，自後益嬖焉。又加國忠遙領劍南節度使。十載上元節，楊氏五宅夜遊，遂與廣寧公主騎從爭西市門，楊氏奴揮鞭誤及公主衣，公主墮馬。駙馬程昌裔扶公主，因及數撾。公主泣奏之，上令決殺楊家奴一人，昌裔停官，不許朝謁。於是楊家轉橫，出入禁門不問，京帝長吏，為之側目。故當時謠曰：「生女勿悲酸，生男勿喜歡。」又曰：「男不封侯女作妃，君看女卻是門楣。」其天下人心羨慕如此。上一旦御勤政樓，大張聲樂。時教坊有王大娘，善戴百尺竿，上施木山，狀瀛州方丈，令小兒持絳節，出入其間，而舞不輟。時劉晏以神童為祕書省正字，十歲，惠悟過人。上召於樓中，貴妃坐於膝上，為施粉黛，與之巾櫛。貴妃令詠王大娘戴竿，晏應聲曰：「樓前百戲競爭新，唯有長竿妙入神。誰謂綺羅翻有力，猶自嫌輕更著人。」上與妃及嬪御皆歡笑移時，聞聲於外，因命牙笏黃紋袍賜之。上又宴諸王於木蘭殿，時木蘭花發，皇情不悅。妃醉中舞霓裳羽衣一曲，天顏大悅，方知迴雪流風，可以迴天轉地。上嘗夢十仙子，乃製紫雲迴。（玄宗嘗夢仙子十餘輩，御卿雲而下，各執樂器，懸奏之。曲度清越，真仙府之音。有一仙人曰：「此神仙紫雲迴。今傳授陛下，為正始之音。」上喜而傳受。寤後，餘響猶在。旦，命玉笛習之，盡得其節奏也。）并夢龍女，又製凌波曲。（玄宗在東都，夢一女，容貌豔異，梳交心髻，大袖寬衣，拜於床前。上問：「汝何人？」曰：「妾是陛下凌波池中龍女。衛宮護駕，妾實有功，今陛下洞曉鈞天之音，乞賜一曲以光族類。」上於夢中為鼓胡琴，拾新舊之曲聲，為凌波曲。龍女再拜而去。及覺，盡記之。會禁樂，自御琵琶，習而翻之。與文武臣僚，於凌波宮臨池奏新曲，池中波濤湧起，復有神女出池心，乃所夢之女也。上大悅，語於宰相，因於池上置廟，每歲命祀之。）二曲既成，遂賜宜春院及梨園弟子并諸王。時新豐初進女伶謝阿蠻，善舞。上與妃子鍾念，因而受焉。就按於清元小殿，寧王吹玉笛，上羯鼓，妃琵琶，馬仙期方響，李龜年觱篥，張野狐箜篌，賀懷智拍。自旦至午，歡洽異常。時唯妃女弟秦國夫人端坐觀之。曲罷，上戲曰：「阿瞞（上在禁中，多自稱也。）樂籍，今日幸得供養夫人。請一纏頭！」秦國曰：「豈有大唐天子阿姨，無錢用耶？」遂出三百萬為一局焉。樂器皆非世有者，才奏而清風習習，聲出天表。妃子琵琶邏逤檀，寺人白季貞使蜀還獻。其木溫潤如玉，光耀可鑒，有金縷紅文，蹙成雙鳳。絃乃末訶彌羅國永泰元年所貢者，淥水蠶絲也，光瑩如貫珠瑟瑟。紫玉笛乃姮娥所得也。祿山進三百事管色。俱用媚玉為之。諸王，郡主，妃之姊妹，皆師妃，為琵琶弟子。每一曲徹，廣有獻遺。妃子是日問阿蠻曰：「爾貧，無可獻師長，待我與爾為。」命侍兒紅桃娘取紅粟玉臂支賜阿蠻。妃善擊磬，拊搏之音泠泠然，多新聲，雖太常梨園之妓，莫能及之。上命採藍田綠玉，琢成磬；上方造簴，流蘇之屬，以金鈿珠翠飾之，鑄金為二獅子，以為趺，綵繪縟麗，一時無比。先，開元中，禁中重木芍藥，即今牡丹也，（開元天寶花木記云：「禁中呼木芍藥為牡丹也。」）得數本紅紫淺紅通白者，上因移植於興慶池東沉香亭前。會花方繁開，上乘照夜白，妃以步輦從。詔選梨園弟子中尤者，得樂十六色。李龜年以歌擅一時之名，手捧檀板，押眾樂前，將欲歌之。上曰：「賞名花，對妃子，焉用舊樂詞為。」遽命龜年持金花牋。宣賜翰林學士李白立進清平樂詞三篇。承旨，猶苦宿酲，因援筆賦之。第一首：「雲想衣裳花想容，春風拂檻露華濃。若非羣玉山頭見，會向瑤臺月下逢。」第二首：「一枝紅豔露凝香，雲雨巫山枉斷腸。借問漢宮誰得似？可憐飛燕倚新粧。」第三首：「名花傾國兩相歡，長得君王帶笑看。解釋春風無限恨，沉香亭北倚欄干。」龜年捧詞進，上命梨園弟子略約詞調，撫絲竹，遂促龜年以歌。妃持玻璃七寶杯，酌西涼州蒲萄酒，笑領歌，意甚厚。上因調玉笛以倚曲。每曲遍將換，則遲其聲以媚之。妃飲罷，斂繡巾再拜。上自是顧李翰林尤異於他學士。會力士終以脫靴為恥，異日，妃重吟前詞，力士戲曰：「始為妃子怨李白深入骨髓，何翻拳拳如是耶？」妃子驚曰：「何學士能辱人如斯？」力士曰：「以飛燕指妃子，賤之甚矣。」妃深然之。上嘗三欲命李白官，卒為宮中所捍而止。上在百花院便殿，因覽漢成帝內傳，時妃子後至，以手整上衣領，曰：「看何文書？」上笑曰：「莫問。知則又殢人。」覓去，乃是「漢成帝獲飛燕，身輕欲不勝風。恐其飄翥，帝為造水晶盤，令宮人掌之而歌舞。又製七寶避風臺，間以諸香，安於上，恐其四肢不禁」也。上又曰：「爾則任吹多少。」蓋妃微有肌也，故上有此語戲妃。妃曰：「霓裳羽衣一曲，可掩前古。」上曰：「我纔弄，爾便欲嗔乎？憶有一屏風，合在，待訪得，以賜爾。」屏風乃虹霓為名，雕刻前代美人之形，可長三寸許。其間服玩之器，衣服，皆用眾寶雜廁而成。水精為地，外以玳瑁水犀為押，絡以珍珠瑟瑟。間綴精妙，迨非人力所製。此乃隋文帝所造，賜義成公主，隨在北胡。貞觀初，滅胡，與蕭后同歸中國，因而賜焉。（妃歸衛公家，遂持去。安於高樓上，未及將歸。國忠日午偃息樓上，至牀，覩屏風在焉。纔就枕，而屏風諸女悉皆下牀前，各通所號，曰：「裂繒人也。」「定陶人也。」「穹廬人也。」「當壚人也。」「亡吳人也。」

「步蓮人也。」「桃源人也。」「班竹人也。」「奉五官人也。」「溫肌人也。」「曹氏投波人也。」「吳宮無雙返香人也。」「拾翠人也。」「竊香人也。」「金屋人也。」「解佩人也。」「為雲人也。」「董雙成也。」「為煙人也。」「畫眉人也。」「吹簫人也。」「笑躄人也。」「垓中人也。」「許飛瓊也。」「趙飛燕也。」「金谷人也。」「小鬟人也。」「光髮人也。」「薛夜來也。」「結綺人也。」「臨春閣人也。」「扶風女也。」國忠雖開目，歷歷見之，而身體不能動，口不能發聲。諸女各以物列坐。俄有纖腰妓人近十餘輩，曰：「楚章華踏謠娘也。」迺連臂而歌之，曰：「三朵芙蓉是我流，大楊造得小楊收。」復有二三妓，又曰：「楚宮弓腰也。何不見楚辭別序云：『婥約花態，弓身玉肌？』」俄而遞為本藝。將呈訖，一一復歸屏上，國忠方醒，惶懼甚，遽走下樓，急令封鏁之。貴妃知之，亦不欲見焉。祿山亂後，其物猶存。在宰相元載家，自後不知所在。）

楊太真外傳卷下　宋史官樂史撰

初，開元末，江陵進乳柑橘，上以十枚種於蓬萊宮。至天寶十載九月秋，結實。宣賜宰臣，曰：「朕近於宮內種柑子樹數株，今秋結實一百五十餘顆，乃與江南及蜀道所進無別，亦可謂稍異者。」宰臣表賀曰「伏以自天所育者不能改有常之性，曠古所無者乃可謂非常之感。是知聖人御物，以元氣布和，大道乘時，則殊方叶致。且橘柚所植，南北異名，實造化之有初，匪陰陽之有革。陛下玄風真紀，六合一家，雨露所均，混天區而齊被，草木有性，憑地氣以潛通。故茲江外之珍果，為禁中之佳實。綠蒂含霜，芳流綺殿，金衣爛日，色麗彤庭。」云云。乃頒賜大臣。外有一合歡實，上與妃子互相持翫。上曰：「此果似知人意，朕與卿固同一體，所以合歡。」於是促坐，同食焉。因令畫圖，傳之於後。妃子既生於蜀，嗜荔枝。南海荔枝，勝於蜀者，故每歲馳驛以進。然方暑熱而熟，經宿則無味。後人不能知也。上與妃采戲，將北，唯重四轉敗為勝。連叱之，骰子宛轉而成重四，遂命高力士賜緋，風俗因而不易。廣南進白鸚鵡，洞曉言詞，呼為雪衣女。一朝飛上妃鏡臺上，自語：「雪衣女昨夜夢為鷙鳥所搏。」上令妃授以多心經，記誦精熟。後上與妃遊別殿，置雪衣女於步輦竿上同去。瞥有鷹至，搏之而斃。上與妃歎息久之，遂瘞於苑中，呼為鸚鵡塚。交趾貢龍腦香，有蟬蠶之狀，五十枚。波斯言老龍腦樹節方有。禁中呼為瑞龍腦，上賜妃十枚。妃私發明駞使（明駞使腹下有毛，夜能明，日馳五百里），持三枚遺祿山。妃又常遺祿山金平脫裝具、玉合、金平脫鐵面椀。十一載，李林甫死。又以國忠為相，帶四十餘使。十二載，加國忠司空。長男暄，先尚延和郡主，又拜銀青光祿大夫，太常卿，兼戶部侍郎。小男朏，尚萬春公主。貴妃堂弟祕書少監鑑，尚承榮郡主。一門一貴妃，二公主，三郡主，三夫人。十二載，重贈玄琰太尉，齊國公。母重封梁國夫人。官為造廟；御製碑，及書。叔玄珪又拜工部尚書。韓國壻祕書少監崔珣女為代宗妃；虢國男裴徽尚代宗女延光公主，女為讓帝男妻；秦國壻柳澄男鈞尚長清縣主，澄弟潭尚肅宗女和政公主。上每年冬十月，幸華清宮，常經冬還宮闕，去即與妃同輦。華清宮有端正樓，即貴妃梳洗之所；有蓮花湯，即貴妃澡沐之室。國忠賜第在宮東門之南，虢國相對。韓國秦國，甍棟相接。天子幸其第，必過五家，賞賜燕樂。扈從之時，每家為一隊，隊著一色衣。五家合隊相映，如百花之煥發。遺鈿，墜舄，琴瑟，珠翠，燦於路岐，可掬。曾有人俯身一窺其車，香氣數日不絕。駞馬千餘頭疋。以劍南旌節器仗前驅。出有餞飲，還有軟腳。遠近餉遺珍玩狗馬，閹侍歌兒，相望於道。及秦國先死，獨虢國、韓國、國忠轉盛。虢國又與國忠亂焉。略無儀檢，每入朝謁，國忠於韓、虢連轡，揮鞭驟馬，以為諧謔。從官嫗百餘騎。秉燭如晝，鮮裝袨服而行，亦無蒙蔽。衢路觀者如堵，無不駭歎。十宅諸王男女婚嫁，皆資韓、虢紹介；每一人納一千貫，上乃許之。十四載六月一日，上幸華清宮，乃貴妃生日。上命小部音聲（小部者，梨園法部所置，凡三十人，皆十五已下。）於長生殿奏新曲，未有名，會南海進荔枝，因此曲名荔枝香。左右歡呼，聲動山谷。其年十一月，祿山反幽陵，（祿山本名軋犖山，雜種胡人也。母本巫師。祿山晚年益肥，垂肚過膝，自秤得三百五十斤。於上前胡旋舞，疾如風焉。上嘗於勤政樓東間設大金雞障，施一大榻，卷去簾，令祿山坐。其下設百戲，與祿山看焉。肅宗諫曰：「歷觀今古，未聞臣下與君上同坐閱戲。」上私曰：「渠有異相，我禳之故耳。」又嘗與夜燕，祿山醉臥，化為一豬而龍首。左右遽告帝。帝曰：「此豬龍，無能為。」終不殺。卒亂中國。）以誅國忠為名。咸言國忠、虢國、貴妃三罪，莫敢上聞，上欲以皇太子監國，蓋欲傳位，自親征。謀於國忠。國忠大懼，歸謂姊妹曰：「我等死在旦夕。今東宮監國，當與娘子等併命矣。」姊妹哭訴於貴妃。妃銜土請命，事乃寢。十五載六月，潼關失守。上幸巴蜀，貴妃從。至馬嵬，右龍武將軍陳玄禮懼兵亂，乃謂軍士曰：「今天下崩離，萬乘震蕩。豈不由楊國忠割剝甿庶，以至於此。若不誅之，何以謝天下。」眾曰：「念之久矣。」會吐蕃和好使在驛門遮國忠訴事。軍士呼曰：「楊國忠與蕃人謀叛！」諸軍乃圍驛四合，殺國忠，并男暄等。（國忠舊名釗，本張易之子也。天授中，易之恩幸莫比。每歸私第，詔令居樓，仍去其梯，圍以束棘，無復女奴侍立。母恐張氏絕嗣，乃置女奴嬪姝於樓複壁中。遂有娠，而生國忠。後嫁於楊氏。）上乃出驛門勞六軍。六軍不解圍，上顧左右責其故。高力士對曰：「國忠負罪，諸將討之。貴妃即國忠之妹，猶在陛下左右，羣臣能無憂怖？伏乞聖慮裁斷。」（一本云：「賊根猶在，何敢散乎？」蓋斥貴妃也。）上迴入驛，驛門內傍有小巷，上不忍歸行宮，於巷中倚杖欹首而立。聖情昏默，久而不進，京兆司錄韋鍔（見素男也）進曰：「乞陛下割恩忍斷，以寧國家。」逡巡，上入行宮。撫妃子出於廳門，至馬道北牆口而別之，使力士賜死。妃泣涕嗚咽，語不勝情，乃曰：「願大家好住。妾誠負國恩，死無恨矣。乞容禮佛。」帝曰：「願妃子善地受生。」力士遂縊於佛堂前之梨樹下。纔絕，而南方進荔枝至。上覩之，長號數息，使力士曰：「與我祭之。」祭後，六軍尚未解圍。以繡衾覆牀，置驛庭中，勅玄禮等入驛視之。玄禮擡其首，知其死，曰：「是矣。」而圍解。瘞於西郭之外一里許道北坎下。妃時年三十八。上持荔枝於馬上謂張野狐曰：「此去劍門，鳥啼花落，水綠山青，無非助朕悲悼妃子之由也。」初，上在華清宮日，乘馬出宮門，欲幸虢國夫人之宅。玄禮曰：「未宣勅報臣，天子不可輕去就。」上為之迴轡。他年，在華清宮，逼上元，欲夜遊。玄禮奏曰：「宮外即是曠野，須有預備。若欲夜遊，願歸城闕。」上又不能違諫。及此馬嵬之誅，皆是敢言之有便也。先是，術士李遐周有詩曰：「燕市人皆去，函關馬不歸。若逢山下鬼，環上繫羅衣。」燕市人皆去，祿山即薊門之士而來。函關馬不歸，哥舒翰之敗潼關也。若逢山下鬼，嵬字，即馬嵬驛也。環上繫羅衣，貴妃小字玉環，及其死也，力士以羅巾縊焉。又妃常以假髻為首飾，而好服黃裙。天寶末，京師童謠曰：「義髻拋河裏，黃裙逐水流。」至此應矣。初，祿山嘗於上前應對，雜以諧謔。妃常在座，祿山心動。及聞馬嵬之死，數日歎惋。雖林甫養育之，國忠激怒之，然其有所自也。是時虢國夫人先至陳倉之官店。國忠誅問至，縣令薛景仙率吏人追之。走入竹林下，以為賊軍至，虢國先殺其男徽，次殺其女。國忠妻裴柔曰：「娘子何不借我方便乎？」遂并其女刺殺之。已而自刎，不死。載於獄中，猶問人曰：「國家乎？賊乎？」獄吏曰：「互有之。」血凝其喉而死。遂併坎於東郭十餘步道北楊樹下。上發馬嵬，行至扶風道。道傍有花，寺畔見石楠樹團圓，愛玩之，因呼為端正樹，蓋有所思也。又至斜谷口，屬霖雨涉旬，於棧道雨中聞鈴聲，隔山相應。上既悼念貴妃，因採其聲為雨霖鈴曲，以寄恨焉。至德二年，既收復西京。十一月，上自成都還，使祭之。後欲改葬，李輔國等不從。時禮部侍郎李揆奏曰：「龍武將士以楊國忠反，故誅之。今改葬故妃，恐龍武將士疑懼。」肅宗遂止之。上皇密令中官潛移葬之於他所。妃之初瘞，以紫褥裹之。及移葬，肌膚已消釋矣。胸前猶有錦香囊在焉。中官葬畢以獻，上皇置之懷袖。又令畫工寫妃形於別殿，朝夕視之而欷歔焉。上皇既居南內，夜闌，登勤政樓，凭欄南望，煙月滿目。上因自歌曰：「庭前琪樹已堪攀，塞外征人殊未還。」歌歇，聞里中隱隱如有歌聲者。顧力士曰：「得非梨園舊人乎？遲明，為我訪來。」翌日，力士潛求於里中，因召與同去，果梨園弟子也。其後，上復與妃侍者紅桃在焉。歌涼州之詞，貴妃所製也。上親御玉笛，為之倚曲。曲罷相視，無不掩泣。上因廣其曲。今涼州留傳者益加焉。至德中，復幸華清宮。從官嬪御，多非舊人。上於望京樓下命張野狐奏雨霖鈴曲。曲半，上四顧淒涼，不覺流涕。左右亦為感傷。新豐有女伶謝阿蠻，善舞凌波曲，舊出入宮禁，貴妃厚焉。是日，詔令舞。舞罷，阿蠻因進金粟裝臂環，曰：「此貴妃所賜。」上持之，淒然垂涕曰：「此我祖大帝破高麗，獲二寶：一紫金帶，一紅玉支。朕以岐王所進龍池篇，賜之金帶。紅玉支賜妃子。後高麗知此寶歸我，乃上言『本國因失此寶，風雨愆時，民離兵弱。』朕尋以為得此不足為貴，乃命還其紫金帶，唯此不還。汝既得之於妃子，朕今再覩之，但興悲念矣。」言訖。又涕零。至乾元元年，賀懷智又上言，曰：「昔上夏日與親王棋，令臣獨彈琵琶，（其琵琶以石為槽，鵾雞筋為絃，用鐵撥彈之。）貴妃立於局前觀之。上數枰子將輸，貴妃放康國猧子上局亂之，上大悅。時風吹貴妃領巾於臣巾上，良久，迴身方落。及歸，覺滿身香氣。乃卸頭幘，貯於錦囊中。今輒進所貯幞頭。」上皇發囊，且曰：「此瑞龍腦香也。吾曾施於暖池玉蓮朵，再幸尚有香氣宛然。況乎絲縷潤膩之物哉。」遂凄愴不已。自是聖懷耿耿，但吟：「刻木牽絲作老翁，雞皮鶴髮與真同。須臾舞罷寂無事，還似人生一世中。」有道士楊通幽自蜀來，知上皇念楊貴妃，自云：「有李少君之術。」上皇大喜，命致其神。方士乃竭其術以索之，不至。又能遊神馭氣，出天界，入地府求之，竟不見。又旁求四虛上下，東極，絕大海，跨蓬壺。忽見最高山，上多樓閣。洎至，西廂下有洞戶，東向，闔其門，額署曰「玉妃太真院」。方士抽簪叩扉，有雙鬟童女出應門。方士造次未及言，雙鬟復入。俄有碧衣侍女至，詰其所從來。方士因稱天子使者，且致其命。碧衣云：「玉妃方寢，請少待之。」逾時，碧衣延入，且引曰：「玉妃出。」冠金蓮，帔紫綃，佩紅玉，拽鳳舄。左右侍女七八人。揖方士，問皇帝安否，次問天寶十四載以還。言訖憫然，指碧衣女取金釵鈿合，折其半授使者曰：「為我謝太上皇，謹獻是物，尋舊好也。」方士將行，色有不足，玉妃因徵其意，乃復前跪致詞：「請當時一事，不聞於他人者，驗於太上皇。不然，恐金釵鈿合，負新垣平之詐也。」玉妃茫然退立，若有所思，徐而言曰：「昔天寶十載，侍輦避暑驪山宮。秋七月，牽牛織女相見之夕，上憑肩而望。因仰天感牛女事，密相誓心：『願世世為夫婦。』言畢，執手各嗚咽。此獨君王知之耳。」因悲曰：「由此一念，又不得居此，復墮下界，且結後緣。或為天，或為人，決再相見，好合如舊。」因言：「太上皇亦不久人間，幸唯自愛，無自苦耳。」使者還，具奏太上皇。皇心震悼。及至移入大內甘露殿，悲悼妃子，無日無之。遂辟穀服氣，張皇后進櫻桃蔗漿，聖皇並不食。常玩一紫玉笛，因吹數聲，有雙鶴下於庭，徘徊而去。聖皇語侍兒宮愛曰：「吾奉上帝所命，為元始孔昇真人。此期可再會妃子耳。笛非爾所寶，可送大收。」（大收，代宗小字。）即令具湯沐。「我若就枕，慎勿驚我。」宮愛聞睡中有聲，駭而視之，已崩矣。妃子死日，馬嵬媼得錦袎襪一隻。相傳過客一玩百錢，前後獲錢無數。悲夫，玄宗在位久，倦於萬機，常以大臣接對拘檢，難徇私欲。自得李林甫，一以委成。故絕逆耳之言，恣行燕樂。衽席無別，不以為恥，由林甫之贊成矣。乘輿遷播，朝廷陷沒，百僚繫頸，妃王被戮，兵滿天下，毒流四海，皆國忠之召禍也。史臣曰：夫禮者，定尊卑，理家國。君不君，何以享國？父不父，何以正家？有一於此，未或不亡。唐明皇之一誤，貽天下之羞。所以祿山叛亂，指罪三人。今為外傳，非徒拾楊妃之故事，且懲禍階而已。

案，以上楊太真外傳錄自汪辟疆先生唐人小說（上海古籍出版社，一九七八年版），汪先生據諸書校錄，且加括注，既益於對梧桐雨雜劇本事的瞭解，亦益於閱讀者對讀參考，故迻錄於此。汪先生云：「今以外傳雖出於宋人，而文特淒艷；且讀此一文，唐末五季之侈談太真逸事者，皆可廢也。」

華清湯池記　陳鴻撰　全唐文六百十二

玄宗幸華清宮。新廣湯池，制作宏麗。安祿山於范陽以白玉石為魚龍鳧雁，仍以石梁及石蓮花以獻，雕鐫巧妙，殆非人工。上大悅。命陳於湯中，仍以石梁橫亙湯上，而蓮花纔出水際。上因幸華清宮，至其所，解衣將入，而魚龍鳧雁，皆若奮鱗舉翼，狀欲飛動。上甚恐。遽命撤去，而蓮花今猶存。又嘗於宮中置長湯數十，門屋環回，甃以文石，為銀樓谷船，及白香木船，致於其中。至於楫棹，皆飾以珠玉。又於湯中疊瑟瑟及沉香為山，以狀瀛洲方丈。津陽門詩注曰：宮內除供奉兩湯外，而內外更有湯十六所。長湯每賜嬪御，其修廣與諸湯不侔。甃以文蟲密石，中央有玉蓮，捧湯泉噴以成池。又縫綴錦繡為鳧雁，致於水中。上時往其間，泛鈒鏤小舟，以嬉遊焉。次西曰太子湯。又次西少陽湯。又次西長湯十六所。今惟太子少陽二湯存焉。其窮奢而極慾，古今罕匹矣。

附錄二

有關梧桐雨雜劇之劇評摘要

明李開先詞謔：

梧桐雨，白仁甫所製也，亦甚合調，但其間有數字誤入先天、桓歡、鹽減等韻，悉為改之。

（下略）

明孟稱舜古今名劇合選柳枝集：

梧桐雨摹寫明皇玉環得意失意之狀，悲豔動人；牆頭馬上說佳人求偶處，亦自奕奕神動。真大家手筆也！

明程羽文曲藻：

情語如白仁甫牆頭馬上：「我推粘翠靨遮宮額，怕綽起羅裙露繡鞋。」白仁甫秋夜梧桐雨：「見芙蓉懷媚臉，遇楊柳憶纖腰。」又：「這雨一陣陣打梧桐葉彫，一點點滴人心碎了。枉著金井銀牀緊圍繞，只好把潑枝葉做柴燒，鋸倒。」又：「潤濛濛楊柳雨，淒淒院宇侵簾幕；細絲絲梅子雨，粧點江干滿樓閣。杏花雨紅濕闌干，梨花雨玉容寂寞；荷花雨翠蓋翩翩，豆花雨綠葉蕭條。都不似你驚魂破夢，助恨添愁，徹夜連宵。莫不是水仙弄嬌，蘸楊柳灑風飄。味味似噴泉瑞獸臨雙沼，刷刷似春蠶散滿箔。亂灑瓊堦，水傳宮漏，飛上雕簷，酒滴新槽。直下得更殘漏斷，枕冷衾寒，燭滅香消。可知道夏天不覺，把高鳳麥來漂。」

明祁彪佳遠山堂曲品：

王湘梧桐雨，南一折。傳此欲與白仁甫北劇爭勝，恐亦未免少遜之。

又，無名氏秋夜梧桐雨，南北五折。此與王湘梧桐雨一折，總不及元白仁甫劇。馬嵬之死，較他記獨備，邢真人遇太真於蓬萊，而長生殿中竟不復明皇命，何以結果？

清洪昇長生殿自序：

余覽白樂天長恨歌及元人秋雨梧桐劇，輒作數日惡；南曲驚鴻一記，未免涉穢。從來傳奇家，非言情之義，不能擅場。而近乃子虛烏有，動寫情詞贈答，數見不鮮，兼乖典則。

清徐麟長生殿序：

元人多詠馬嵬事，自丹丘先生開元遺事外，其餘編入院本者，毋慮十數家，而白仁甫梧桐雨劇最著。

清朱彝尊天籟集序：

余少日避兵練浦，村舍無書，覽金元院本，最喜仁父秋夜梧桐雨劇，以為出關鄭之上。

清梁廷枏藤花亭曲話：

梧桐雨與長生殿，亦互有工拙處。長生殿按長恨歌傳為之，刪去幾許穢跡；梧桐雨竟公然出自祿山之口。長生殿驚變折，於深宮歡燕之時，突作國忠直入，草草數語，便爾啟行；事雖急遽，斷不至是。梧桐雨中間用一李林甫得報轉奏，始而議戰，戰既不能，而後定計幸蜀，層次井然不紊。

又，梧桐雨第一折〔醉中天〕云：「我把你半嚲的肩兒凭，他把個百媚臉兒擎。正是金闕西廂扣玉扃，悄悄迴廊靜。靠著這招彩鳳、舞青鸞，金井梧桐樹影，雖無人竊聽，也索悄聲兒海誓山盟。」第二折〔普天樂〕云：「更那堪滻水西飛雁，一聲聲送上雕鞍。傷心故園，西風渭水，落日長安。」第三折〔殿前歡〕云：「他是朵嬌滴滴海棠花，怎做得鬧荒荒亡國禍根芽。再不將曲彎彎遠山眉兒畫，亂鬆鬆雲鬢堆鴉。怎下得磣磕磕馬蹄兒臉上踏！則將細裊裊咽喉掐，早把條長攙攙素白練安排下。他那裏一身受死，我痛煞煞獨立難加。」

清李調元雨村曲話：

元人詠馬嵬事，無慮數十家，白仁甫梧桐雨劇為最。〔古鮑老〕云：「紅牙筯趁玉音擊著梧桐按，嫩枝柯猶未乾，更帶著瑤琴聲範，出幾點瓊珠似汗。」雋語乃爾。

近人王國維人間詞話：

白仁甫秋夜梧桐雨劇，沉雄悲壯，為元曲冠冕。

又，「西風吹渭水，落日滿長安」美成以之入詞，白仁甫以之入曲。此借古人之境界，以為我之境界也。然非自有境界，古人亦不為我用。（案，白樸梧桐雨第二折〔普天樂〕曲以及散曲〔德勝樂〕皆用此二句。）

近人王國維宋元戲曲考：

明以後傳奇，無非喜劇，而元則有悲劇在其中。就其存者言之，如漢宮秋、梧桐雨、西蜀夢、火燒介子推、張千替殺妻等，初無所謂先離後合，始困終亨之事也。

近人王國維錄曲餘談：

余於元劇中得三大傑作焉。馬致遠之漢宮秋，白仁甫之梧桐雨，鄭德輝之倩女離魂是也。馬之雄勁，白之悲壯，鄭之幽艷，可謂千古絕品。今置元人一代文學於天平之左，而置此三劇於其右，恐衡將右倚矣。

近人王季烈螾廬曲談：

梧桐雨第一折之〔油葫蘆〕云：「報接駕的宮娥且慢行，親自聽，上瑤階那步近前楹。悄悄蹙蹙欵把紗窗映，撲撲簌簌風颭珠簾影。我恰待行，打個囈掙，怪玉籠中鸚鵡知人性，不住的語偏明。」〔醉中天〕云：「龍麝焚金鼎，花蕚插銀屏，小小金盞種五生，供養著鵲橋會丹青幀，把一個米來大蜘蛛兒抱定。攙奪盡六宮寵幸，更待怎生般智巧心靈。」〔醉扶歸〕云：「暗想那織女分牛郎命，雖不老是長生，他阻隔銀河信杳冥，終年度歲成孤另。你試問天公打聽，他決害了些相思病。」是長生殿之密誓折襲其意處不少。至其第二折〔粉蝶兒〕云：「天淡雲閒，列長空數行征雁。御園中夏景初殘，柳添黃，荷減翠，秋蓮脫瓣。坐近幽闌，噴清香玉簪花綻。」驚變折竟全然抄襲矣。

近人梁啟超小說叢話：

錢塘洪昉思著長生殿傳奇，自序云：「余覽白樂天長恨歌及元人秋雨梧桐劇，輒作數日惡。」而曲白中演用白氏語處極多，雨夢一折並於秋雨劇有所採摭，何也？

近人劉咸炘文學述林曲論：

馬東籬漢宮秋以聞雁終，白仁甫梧桐雨以聞雨終，所以成其佳妙。長生殿彈詞一齣，全摹元人貨郎擔。末折最為精警，正宜作終篇追弔，否亦當依白氏至聞鈴而止。乃復叨叨為楊氏造作虛美，遂使局勢散漫，詞亦成強弩之末。長恨歌之遜於連昌宮詞，即以順序直鋪，詳其不必詳。洪氏正蹈其覆轍，且更增衍於其外，乃反謂讀長恨歌、梧桐雨作數日惡。雖曰文人相輕，無乃太不自量乎！

附錄三

白樸生平及梧桐雨研究重要文章索引

1. 試論白樸拒仕元朝之因　胡世厚　原載白樸論考，見張月中主編元曲通融（下）第一九四八頁，太原，山西古籍出版社，西元一九九九年版
2. 白樸卒年考辨　胡世厚　原載白樸論考，見張月中主編元曲通融（下）第一九五〇頁，太原，山西古籍出版社，西元一九九九年版
3. 白樸及其劇作論考　劉蔭柏　西元一九九〇年二月首屆海峽兩岸元曲研討會論文，見張月中主編元曲通融（下）第一九五四頁，太原，山西古籍出版社，西元一九九九年版
4. 略論〈梧桐雨〉雜劇　陳健　北京，光明日報文學遺產，西元一九五六年二月二十六日
5. 白樸籍貫的商榷　沈善鈞　臨汾，山西師範學院學報，西元一九五七年第三期
6. 白樸年譜　葉德均　戲曲小說叢考　北京，中華書局，西元一九七九年版
7. 白樸卒年考辨　李平等　上海，復旦大學學報，西元一九八一年第六期

8.白仁甫二三事　李修生　上海，中華文史論叢，西元一九八二年第二輯
9.關於白樸的籍貫　胡世厚　鄭州，河南師範大學學報，西元一九八二年第五期
10.白樸年譜補正　么書儀　北京，中華書局文史第十七輯
11.關於白樸生平的幾個問題　胡世厚　鄭州，中州學刊，西元一九八三年第五期
12.論雜劇〈梧桐雨〉　宋蔭谷　載吉林大學中文系編文學論文集，長春，吉林人民出版社，西元一九五九年版
13.〈長恨歌〉・〈梧桐雨〉・〈長生殿〉　段熙仲　南京，江蘇戲劇，西元一九八〇年第十一期
14.論白樸的名劇〈梧桐雨〉　吳新雷　太原，山西人民出版社，名作欣賞，西元一九八一年第二期
15.〈梧桐雨〉的主題新議　黃海澄　合肥，安徽省藝術研究所編藝譚，西元一九八一年第三期
16.試談〈梧桐雨〉在戲曲史上的承先啟後作用　王厚梁　杭州，杭州師範學院學報，西元一九八三年第一期
17.〈梧桐雨〉新論　孟繁樹　上海，上海戲劇學院戲劇藝術，西元一九八三年第四期

18. 〈梧桐雨〉是表現失意文人哀怨之作　葉瑾等　上海，華東師範大學學報，西元一九八四年第二期

19. 歷史・傳說・情境　薛瑞兆　哈爾濱，北方論叢，西元一九八四年第五期

20. 論白樸的歷史悲劇〈梧桐雨〉　胡世厚　石家莊，河北學刊，西元一九八五年第二期

21. 山川滿目淚沾衣——白樸〈梧桐雨〉的時代特徵　么書儀　載元雜劇論集，天津，百花文藝出版社，西元一九八五年版

22. 白樸劇作的不同追求　王星琦　北京，光明日報文學遺產，西元一九八六年十月八日

23. 白樸劇作不同風格成因淺探　陸林　北京，光明日報文學遺產，西元一九八七年一月二十七日

24. 亂自上作——評〈梧桐雨〉　劉維俊　首屆海峽兩岸元曲研討會論文，西元一九九〇年二月，見張月中主編元曲通融（下）第一九八五頁，太原，山西古籍出版社，西元一九九九年版

25. 一曲國破家亡的哀歌——〈梧桐雨〉新探　許金榜　濟南，東嶽論叢，西元一九九〇年第二期

26. 從〈梧桐雨〉對李楊愛情故事的改造看元人審美情趣的變異　武潤婷　西元一九九〇年二

月首屆海峽兩岸元曲研討會論文，見張月中主編元曲通融（下）第一九九〇頁，太原，山西古籍出版社，西元一九九九年版

27. 〈梧桐雨〉與〈長生殿〉 鄭向恒 一九九三年國際元曲研討會論文，見張月中主編元曲通融（下）第一九九三頁，太原，山西古籍出版社，西元一九九九年版

世俗人情類

紅樓夢　曹雪芹撰　饒彬校注
脂評本紅樓夢　曹雪芹原著　脂硯齋重評　馬美信校注
金瓶梅　笑笑生原作　劉本棟校注　繆天華校閱
老殘遊記　劉鶚撰　田素蘭校注　繆天華校閱
平山冷燕　天花藏主人編次　張國風校注　謝德瑩校閱
品花寶鑑　陳森著　徐德明校注
野叟曝言　夏敬渠著　黃珅校注
綠野仙蹤　李百川著　葉經柱校注
禪真逸史　方汝浩撰　黃珅校注
海上花列傳　韓邦慶著　姜漢椿校注
九尾龜　張春帆著　楊子堅校注
醒世姻緣傳　西周生輯著　袁世碩、鄒宗良校注
三門街　清・無名氏撰　嚴文儒校注
花月痕　魏秀仁著　趙乃增校注
孽海花　曾樸撰　葉經柱校注　繆天華校閱
魯男子　曾樸著　黃珅校注
遊仙窟　玉梨魂（合刊）　張鷟、徐枕亞著　黃瑚、黃珅校注
筆生花　心如女史著　黃明校注　亓婷婷校閱
浮生六記　沈三白著　陶恂若校注　王關仕校閱
玉嬌梨　天藏花主人編撰　石昌渝校注
好逑傳　名教中人編撰　石昌渝校注
啼笑因緣　張恨水著　束忱校注
歧路燈　李綠園撰　侯忠義校注

公案俠義類

水滸傳　施耐庵撰　羅貫中纂修　金聖嘆批　繆天華校注

兒女英雄傳　文康撰　饒彬標點　繆天華校注
三俠五義　石玉崑著　張虹校注　楊宗瑩校閱
七俠五義　石玉崑原著　俞樾改編
楊宗瑩校注　繆天華校閱
小五義　清・無名氏編著　李宗為校注
續小五義　清・無名氏編著　文斌校注
蕩寇志　俞萬春撰　侯忠義校注
綠牡丹　清・無名氏著　劉倩校注
羅通掃北　鴛湖漁叟較訂　劉倩校注
楊家將演義　紀振倫撰　楊子堅校注　葉經柱校閱
萬花樓演義　李雨堂撰　陳大康校注
粉妝樓全傳　竹溪山人編撰　陳大康校注
七劍十三俠　唐芸洲著　張建一校注
包公案　明・無名氏撰　顧宏義校注
謝士楷、繆天華校閱
海公大紅袍全傳　清・無名氏撰
楊同甫校注　葉經柱校閱
施公案　清・無名氏編撰　黃珅校注
乾隆下江南　清・無名氏著　姜榮剛校注

歷史演義類

三國演義　羅貫中撰　毛宗崗批　饒彬校注
東周列國志　馮夢龍原著　蔡元放改撰
劉本棟校注　繆天華校閱
東西漢演義　甄偉、謝詔編著　朱恒夫校注
劉本棟校閱
隋唐演義　褚人穫著　嚴文儒校注　劉本棟校閱
說岳全傳　錢彩編次　金豐增訂　平慧善校注
大明英烈傳　楊宗瑩校注　繆天華校閱

神魔志怪類

西遊記　吳承恩撰　繆天華校注
封神演義　陸西星撰　鍾伯敬評
楊宗瑩校注　繆天華校閱
濟公傳　王夢吉等著　楊宗瑩校注　繆天華校閱
三遂平妖傳　羅貫中編　馮夢龍增補　楊東方校注
南海觀音全傳　達磨出身傳燈傳（合刊）
西大午辰走人、朱開泰著　沈傳鳳校注

諷刺譴責類

儒林外史　吳敬梓撰　繆天華校注
官場現形記　李伯元撰　張素貞校注　繆天華校閱

文明小史　李伯元撰　張素貞校注　繆天華校閱
鏡花緣　李汝珍撰　尤信雄校注　繆天華校閱
二十年目睹之怪現狀　吳趼人著　石昌渝校注
何典　斬鬼傳　唐鍾馗平鬼傳（合刊）
張南莊等著　鄔國平校注　繆天華校閱

擬話本類

拍案驚奇　凌濛初撰　劉本棟校注　繆天華校閱
二刻拍案驚奇　凌濛初原著　徐文助校注
繆天華校閱
喻世明言　馮夢龍編撰　徐文助校注　繆天華校閱
警世通言　馮夢龍編撰　徐文助校注　繆天華校閱
醒世恒言　馮夢龍編撰　廖吉郎校注　繆天華校閱
今古奇觀　抱甕老人編　李平校注　陳文華校閱
豆棚閒話　照世盃（合刊）
艾衲居士、酌元亭主人編撰
陳大康校注　王關仕校閱
石點頭　天然癡叟著　李忠明校注　王關仕校閱
十二樓　李漁著　陶恂若校注　葉經柱校閱
西湖佳話　墨浪子編撰　陳美林、喬光輝校注
西湖二集　周楫纂　陳美林校注

型世言　陸人龍著　侯忠義校注

著名戲曲選

竇娥冤　關漢卿著　王星琦校注
漢宮秋　馬致遠撰　王星琦校注
梧桐雨　白樸撰　王星琦校注
琵琶記　高明著　江巨榮校注　謝德瑩校閱
第六才子書西廂記　王實甫原著　金聖嘆批點
張建一校注
牡丹亭　湯顯祖著　邵海清校注
荊釵記　柯丹邱著　趙山林校注
荔鏡記　明・無名氏著　趙山林等校注
長生殿　洪昇著　樓含松、江興祐校注
桃花扇　孔尚任著　陳美林、皋于厚校注
雷峰塔　方成培編撰　俞為民校注
倩女離魂　鄭光祖著　王星琦校注

荔鏡記

明・無名氏／著　趙山林、趙婷婷／校注

《荔鏡記》又名《陳三五娘》，敘述泉州書生陳三與潮州千金小姐黃五娘的愛情故事，在閩南地區廣為流傳。劇本採用曲牌聯套體，混合使用潮州話與泉州話，是現存最早的一部閩南語出版品，全劇具有濃郁的地方特色，且保留不少南戲特點，價值彌足珍貴。本書正文根據現存最早的明嘉靖年間《重刊五色潮泉插科增入詩詞北曲勾欄荔鏡記戲文全集》刊本，校以多種相關版本與研究，方言、俚語、典故等並有詳明注釋，幫助讀者鑑賞。

國家圖書館出版品預行編目資料

梧桐雨／白樸撰;王星琦校注.——二版一刷.——臺北市：三民，2021
面；　公分.——（中國古典名著）

ISBN 978-957-14-7037-5（平裝）

853.557　　109018803

中國古典名著

梧桐雨

作　　者｜白　樸
校 注 者｜王星琦

發 行 人｜劉振強
出 版 者｜三民書局股份有限公司
地　　址｜臺北市復興北路 386 號 (復北門市)
　　　　　臺北市重慶南路一段 61 號 (重南門市)
電　　話｜(02)25006600
網　　址｜三民網路書店 https://www.sanmin.com.tw

出版日期｜初版一刷 2015 年 5 月
　　　　　二版一刷 2021 年 1 月
書籍編號｜S857810
I S B N｜978-957-14-7037-5

三民書局